Karin Hübner

Ich wollte Dir noch soviel sagen

AF198580

BoD™
BOOKS on DEMAND

Karin Hübner

Ich wollte Dir noch soviel sagen

Der Brief
und weitere Kurzgeschichten

Bibliografische Information der Deutschen Nationalbibliothek:
Die Deutsche Nationalbibliothek verzeichnet diese Publikation in der
Deutschen Nationalbibliografie; detaillierte bibliografische Daten sind
im Internet über http://dnb.dnb.de abrufbar.

Impressum

Texte: © Copyright by Karin Hübner
Umschlag: © Copyright by Karin Hübner

Herstellung und Verlag: BoD – Books on Demand, Norderstedt

ISBN: 978 - 3-7460-2622-0

Inhaltsverzeichnis

1

Brief an eine Mutter

Ich räume in der Wohnung mal richtig auf, sortiere, und werfe endlich mal Ballast weg. Ständig räumt man auf ohne etwas zu entsorgen oder dann zu verkaufen oder zu verschenken, und bei der Gelegenheit fällt mir eine Kiste mit Bücher in die Hände, die noch aus einer Wohnungsauflösung stammt, was wir zeitweise gemacht haben. Ich bin aber nie dazu gekommen, sie mal durchstöbern, ob davon einige Bücher für mich sein könnten, und ich sie behalten würde.

Bücher sind mein Lebenselixier und deswegen wundere ich mich über mich selber, weshalb ich nicht schon längst die Kiste durchgesehen habe. Na gut, ich mache es mir erst einmal gemütlich und fange an, die Klappentexte der Bücher zu lesen, ob etwas dabei ist was mich interessiert. Das macht mir richtig Spaß und das eine oder andere ist für mich dabei.

Ein Buch hatte es mir besonders angetan, denn irgendetwas sagte mir „blätter mal drin rum", und dabei viel mir ein Brief in die Hände. Das war so spannend und ich hatte das Gefühl von „das darfst Du nicht", aber ich musste ihn lesen. Die Anrede hat mich sofort ergriffen, keine Ahnung, warum, aber ich sollte es bald noch erfahren! Also fing ich an, ganz gespannt den seitenlangen Brief zu lesen:

„Liebe Mutti"

Nie habe ich Dir jemals gesagt, wie sehr ich Dich liebe, und nun ist es zu spät. Es zerreißt mir das Herz, wenn ich daran denke, es nicht getan zu haben und nun bist Du nicht mehr da!

Ich habe das Gefühl, ich muss Dir diesen Brief trotzdem schreiben. Auch wenn Du ihn nie mehr lesen kannst.

Es gab so vieles, was in meiner Kindheit ganz furchtbar war, immer noch, aber es gibt auch vieles, was ich gern in Erinnerung habe, es wird nur immer an das Schlechte gedacht und auch meine Geschwister haben gerne auf mir „herumgehackt".

Liebe Mutti, es tut mir leid, das ich Dir nie gesagt habe, das ich Dich niemals in meinem Herzen verurteilt habe. Nach außen schon, bis ich einfach mal darüber nachgedacht habe, >warum< ist Mutti so? Alles hat doch einen Grund, vieles konnte ich noch recherchieren, hinterfragen, und Dir auch einiges entlocken, was Du mir dann erzählt hast.

Ich habe versucht, Dich zu verstehen und ich tat es dann auch, wenn auch nicht endgültig. Ich hätte es Dir sagen sollen, liebe Mutti. Schade, wobei ich, wenn ich darüber nachdenke, glaube, so ein bißchen hast Du es geahnt, dass ich Dich verstanden habe.

Ich weiß, Du hast mir von Dir Geschichten erzählt, die Du den anderen Kindern nicht erzählt hast."

Ich lege den Brief erst einmal zur Seite und setze mich mit einer Tasse Kaffee auf die Terrasse und muss erst mal darüber nachdenken, bevor ich weiter lese.

Es ist interessant, dass ich das Gefühl habe, zeitweise von meiner Mutter und mir die Rede ist und im Übrigen bin ich auch der Meinung,

man sollte einmal versuchen, hinter die Fassade der Mütter zu sehen, und nicht einfach zu verurteilen. Das sollte man sowieso nie!

Meine Tasse Kaffee ist leer und ich hole mir den Brief raus auf die Terrasse, um bei strahlendem Sonnenschein weiter zu lesen.

„Liebe Mutti, ich habe viel von Oma über Dich erfahren, das zusammen mit Deinen Erzählungen brachte mich zu dem Ergebnis, das Du ein ziemlich trauriges Leben hattest. Und trotzdem, egal wie Du warst, geklagt hast Du nie, ich denke, Du warst ein ziemlich einsamer Mensch, trotz der vielen Kinder und der Familie.

Ich glaube, dass ich es immer spürte, fühlte, nein, ich habe es gewusst. Die letzten Male, die wir telefonierten, hast Du gefragt, wann ich Dich mal wieder besuchen komme, und ich sagte so lapidar, „mal sehen Mutti, vielleicht dieses Jahr". Ich wohne eben so weit weg von Dir und es ist nicht ganz so einfach. Das hast Du mich früher nie gefragt,

Du wusstest, dass es das letzte Mal sein würde, ich habe es nicht mehr geschafft Dich zu besuchen, zu umarmen. Es war zu spät!

Als ich weiter lese, stelle ich immer wieder an Kleinigkeiten fest, dass es Parallelen zu meiner Mutter und mir gibt!Ich mache es mir wieder gemütlich und lese weiter:

Liebe Mutti, hast Du gewusst? Nein, hast Du nicht, konntest Du auch nicht. Als ich 2 Jahre Therapie hatte, empfahl mir die Therapeutin, doch mal zu Dir zu Fliegen und etwas über meine Kindheit zu erfahren.

Es war damals das einzige Mal, seit ich von zu Hause ausgezogen bin, dass ich Dich alleine besucht hatte. Es war sehr traurig, weil Du mir nichts Nennenswertes über mich erzählt hattest, ich war zwar auch am Anfang wütend, habe aber später von meiner Therapeutin erfahren, dass Du darüber gar nicht reden konntest, weil Du es nicht ertragen hättest. Du musstest es verdrängen!

Schade, dass wir nicht mehr darüber reden können und ich Dir nie gesagt habe, dass es mir leidtut,

dass Du auch gelitten hast und niemand wollte es sehen! Ich jedenfalls habe Dir verziehen und ein wenig habe ich Dich auch verstanden.

Ich muss den Brief kurz zur Seite legen, es verursacht mir einen Klos im Hals . Ich werde morgen weiterlesen.

*****

Heute kann ich es kaum erwarten weiter zu lesen, also, mein Kaffee nehmen und ab auf die Terrasse. Es ist schon erstaunlich, sie fängt immer mal wieder an mit „Liebe Mutti".

Liebe Mutti,

was ich Dir immer noch sagen wollte, egal wie böse Du zu mir warst, „und ehrlich, das war schon ziemlich oft", ich habe Dich immer und zu jeder Zeit lieb gehabt. Es gäbe noch so viel, was ich Dir noch sagen wollte, vielleicht weißt Du da oben alles schon, ohne das ich weiter schreibe.

Ich bin traurig, dass Du nicht mehr da bist!

Liebe Mutti, Du warst immer für mich die schönste Frau der Welt! Hatte ich es Dir je gesagt? Ich hab Dich lieb!"

Ich sitze wie angewachsen auf meinem Stuhl und merke jetzt erst, das die Sonne untergegangen war. Es war frisch geworden und ich war völlig in Gedanken, Tränen laufen mir über das Gesicht und tropften auf den Brief, den ich immer noch in der Hand hielt. Mein Blick ist verschleiert, der Brief zu Ende gelesen und so schnell wird er mir nicht mehr aus dem Kopf gehen. Ich werde ihn nicht wegwerfen, das fühlt sich nicht richtig an.

Vielleicht auch als Mahnung an die Menschen, die man liebt, es auch mal zu sagen. Es kann sonst einfach zu spät sein.

Ich lege den Brief wieder in das Buch, in dem ich ihn fand, und stelle es an einen besonderen Platz. Genau kann ich es nicht sagen, warum ich es so mache, denn auch ich denke jetzt gerade

„Mutti, ich habe Dich Lieb"!

2

Die geheimnisvolle Kiste

Es ist schon kühl, ich zieh die Jacke dichter zu und schaue traurig auf das noch frische Grab von Mutti. Ich bin sehr traurig und ohne mein Zutun kommen mir die Tränen! Es hätte anders sein müssen, aber es verging Jahr um Jahr und wir haben uns im Endeffekt acht lange Jahre nicht gesehen.

Ok, wir haben immer telefoniert, aber das reicht nicht wirklich und nun stehe ich an ihrem Grab und denke über unsere Mutter Tochter Beziehung nach. Es war nicht immer gut und ich glaube, nein ich weiß, sie hat ein Geheimnis mit ins Grab genommen, was uns beide angeht. Ich weiß das schon lange, habe aber mit Ihr meinen Frieden gemacht! Jetzt kommt die Frage nach dem Geheimnis wieder in mein Bewusstsein.

Ich habe noch keine Lust ins Hotel zurückzugehen und setze mich etwas abseits auf eine Bank, von wo aus ich das Grab noch sehen kann.

Ich habe jetzt einfach keine Lust, Menschen zu hören und zu sehen und somit genoss ich die Stille vom Friedhof und hing meinen Gedanken nach!

Aus den Augenwinkeln heraus sah ich durch meinen Tränenschleier einen Mann an Muttis Grab stehen. Also, von der Familie ist er nicht, soweit war mir das klar, das Alter müsste ca. dem meiner Mutter entsprechen. Wer mag das sein? Obwohl,ich habe das Gefühl, das ich Ihn kenne, aber ich kenne Ihn nicht.

Wenn ich Ihn so beobachte, sieht er aus, als wäre er sehr traurig, offenbar muss er ja Mutti näher gekannt haben! Nun sehe ich, dass er eine Rose auf das Grab legt, das macht man doch nur, wenn jemand etwas mit der Person verbindet!

Am nächsten und übernächsten Tag spielte sich alles genauso ab,wie am ersten Tag, seltsam. Ich werde immer neugieriger, wer mag das wohl sein, und ich weiß nicht warum, aber ich traute mich nicht Ihn anzusprechen. Da ich zur Auflösung des Hauses nur vier Wochen hier bin und dann wieder nach Hause,nach Spanien, musste, war ich natürlich jeden Tag auf dem Friedhof.

Wahrscheinlich werde ich dann nicht mehr hier herkommen, es gibt genug Geschwister, die sich dann darum kümmern können. Jedenfalls nach diesen drei Tagen sah ich den Mann nicht mehr. Beim Sortieren des Hauses hatte ich den auch wieder vergessen!

Soweit war nun alles fertig, als mir einfiel, dass ich noch nicht auf dem Dachboden war. Dort angekommen war alles ziemlich aufgeräumt. Hier hatte ich also nicht viel Arbeit.

Es stand nur eine alte Kiste in einer Ecke, die aussah wie eine Seekiste, und noch ein Stuhl. Also setzte ich mich vor die Kiste und öffnete sie. Auf den ersten Blick sah es nicht sehr wertvoll oder spannend aus.

Augenscheinlich waren es Papiere, aber auch das war wichtig einmal durchzusehen, also machte ich es mir „gemütlich", hatte mir noch einen kleinen Tisch geholt und wollte nun die Papiere durchsehen und sortieren. Schnell noch einen Kaffee geholt und los geht's!

Da lag schon ein bisschen Arbeit vor mir, denn ich musste ja auch alles durchlesen.

Das Familienstammbuch lag fast leer oben auf, d. h., dass alle wichtigen Urkunden lose in der Kiste lagen und alles sortiert werden musste, wie Geburtsurkunden, Totenscheine, Heiratsurkunden etc.

Langsam lichtete sich die Kiste und plötzlich kam ein Umschlag, etwas größer, zum Vorschein, der dazu noch ziemlich dick war..

Wie sich dann herausstellte, nachdem ich hineingeschaut hatte, war.dieser voll mit Bildern und das fand ich jetzt richtig spannend. Aber bevor ich mich diesen widmete, wühlte ich mich erst mal bis ans Ende durch und fand einen Stapel handgeschriebener Briefe mit einer roten Schleife umhüllt und daneben eine kleine Ringschachtel, und darin lag ein wunderschöner Ring in Weiß/Rot und Gelbgold, soweit ich das beurteilen konnte.

Vorsichtig, als könnte er kaputt gehen, nahm ich ihn in die Hand und sah gleich hinein, ob da etwas drin steht, und siehe da, es war.eine Gravur drin: „Uta und Gerold für immer"!

Seltsam, Mutti heißt Uta, aber Vati hieß nicht Gerold! Von einem Gerold hatte ich noch nie gehört.Nun wurde ich neugierig, was das für Briefe sind und vielleicht steht darin etwas von einem Gerold!

Ich machte den ersten Briefumschlag auf, um zu sehen, an wen er gerichtet war.

Im Brief stand: ‚Liebe Uta‘, und dann las ich erst mal den Schluss, da stand …"Dein Gerold in Liebe".

Das glaube ich jetzt nicht, Mutti hat mir immer schon mehr erzählt,als meinen Geschwistern, aber davon nie.

Schnell machte ich noch einen zweiten Brief auf, nur um zu sehen, ob es sich auch bei diesen um Uta und Gerold handelte, und ja, alle Briefe! Das konnte ja nur von ganz früher sein, denn die Eltern waren ja immer zusammen. Oder?

Ich nahm jetzt einen von den vielen Briefen und las ihn ganz bis zum Ende durch, es war teilweise so schön was da stand, dass mir vor Rührung die Tränen kamen. Ein Brief las ich, der war über 50 Jahre alt und darin stand, dass es Gerold leidtat, sie, Uta, im Stich gelassen zu haben, aber immer für ihr gemeinsames Kind Dasein werde. Ich dachte, mich trifft der Schlag, welches Kind?

Vom Datum her kamen drei von uns infrage, einen anderen Vater zu haben, auch ich, und ich konnte kaum noch einen klaren Gedanken fassen. Das war also das Geheimnis, was Mutti mit ins Grab genommen hat!

Wer ist das Kind und wer war Gerold?

Ich saß bestimmt eine Stunde wie gelähmt da, war paralysiert.

Wie ferngesteuert nahm ich nun den Umschlag mit den Bildern in die Hand und entnahm sie Stück für Stück, es waren fast alles Babyfotos und Mutti.

Mal nur Baby, mal nur Mutti, Mutti mit Baby im Arm. Auch wenn ich mir noch so viel Mühe gab, ich konnte nicht sehen, wer das Baby war, auch Daten konnte ich nicht finden. In meinem Kopf drehte sich alles und ich hatte das Gefühl, das ich keine Luft mehr bekam, es war schon alles ziemlich starker Tobak und ich bin ja auch nicht mehr zwanzig! Ich trank jetzt erst einmal meinen mitgebrachten Kaffee aus, auch wenn er schon kalt war.

Gedankenverloren sah ich die Bilder weiter durch, ob vielleicht noch etwas anderes an Bildern drin war, und genau in dem Moment halte ich ein Bild von einem Mann in der Hand, auf der Rückseite steht „In Liebe Gerold". Ich konnte es kaum fassen, obwohl es ein altes Bild war, konnte man genau erkennen: es war der fremde Mann am Grab!

Oh mein Gott, es war Gerold und er war der Vater von einem von uns drei ältesten Kindern. Das war wirklich zu viel.

Ich packte Briefe, Bilder und den Ring zusammen und nahm es mit in mein Hotel, damit es niemand in die Hände bekam, bevor ich alles geklärt habe.Das Erste, was ich aufgeregt am nächsten Tag zu tun hatte, ich musste auf den Friedhof um den fremden Mann (Gerold) noch mal zu sehen, aber dieses Mal würde ich ihn ansprechen.

Ich legte frische Blumen auf Muttis Grab, wässerte die Blumen und setzte mich dann wieder auf die Bank. Dachte noch einmal über die ganze Geschichte nach, während ich darauf wartete, dass hoffentlich der Fremde wieder kommt!

Zwei Stunden vergingen, die ich dort saß und niemand erschien. Enttäuscht ging ich noch mal kurz ans Grab. Als ich gerade gehen wollte, bemerkte ich die herankommende Person nicht und war demzufolge erschrocken, als eine alte dunkle Stimme meinen Namen sagte.

Nun war ich gleich zweimal geschockt, woher kannte er meinen Namen? Ich drehte mich schlagartig um und sah in warme, liebevolle Augen. Einen langen Moment sahen wir uns in die Augen, ich brauchte nun nicht zu überlegen oder zu fragen: ich wusste, er war es, „Gerold, war mein Vater"!

*****

3

Entspannung

Seit Jahren Baden wir nicht mehr, sondern Duschen nur noch und ich habe in den letzten Jahren ein klein wenig zugenommen (15 Kg).

Eines Tages dachte ich so bei mir, (dummerweise), ich würde doch mal gern schön „entspannend" in der Wanne liegen. Also mache ich mir ganz gemütlich die Badewanne mit extra dafür gekauften Duftschaumbad fertig und steige dann langsam hinein. In dem Moment, als ich drin war, (und es mir gerade im Schaum bequem machte), schwante mir sofort, „hier komme ich nicht mehr alleine raus"! Der Gedanke sorgte natürlich gleich dafür, dass ich super „Entspannt" war, und auch der Gedanke, „alleine komme ich nicht raus". Einfach „Entspannend".

Ich hatte es geahnt, denn wie blöd kann man sein, dachte ich, dann trotzdem da hereinzukrabbeln. Ich saß also völlig „relaxt" im Bad und durch meinen Kopf ging pausenlos der Gedanke, natürlich völlig „Entspannt", wie komme ich hier wieder raus?

Wir ein Walross lag ich in der Wanne, fünf Minuten, und ob man es glaubt oder nicht, diese fünf Minuten versuchte ich, in allen möglichen Varianten da raus zu kommen. Ich wurde „langsam entspannt, stinksauer auf mich selbst" und rufe genervt, aber immer noch „völlig entspannt", meinen Mann und bitte ihn, mir doch aus dem Dilemma zu

helfen, was er natürlich auch macht, ohne mich auszula-
chen, was ich ihm natürlich nicht übel genommen hätte.

So, Gott sei Dank, ich war raus, ich schwöre, das war mein
letztes Bad in der Wanne. Nur noch Duschen!
Alles in allem, war das „entspannend", und wieder muss ich
lächeln, bei diesen Bildern im Kopf!

*****

4

Sprachlosigkeit

Sprachlosigkeit der Wohlstandsgesellschaft, angesichts von Not, Krieg, Hunger, Tränen, Depressionen, Katastrophen und Angst. Angst, dass man auch so wird!

Sprachlos.

Du erzählst Deine Ängste und bekommst zur Antwort „ja was soll ich dazu sagen?" - „Es wird schon wieder" - „Ich muss jetzt los"; Du stehst da mit Deiner Angst und mit Deinen Tränen.

Sprachlos.

Macht nur alle die Augen zu, ich lasse sie auf, ich höre zu, ich muss nicht weg. Am liebsten möchte ich Schreien: „Seht doch mal hin, hört doch mal hin". Die Antwort ist Gleichgültigkeit.

Sprachlos.

Hallo, Ihr braucht Euch nicht Tot zu stellen, Ihr seid doch schon blind und taub. Alles weit weg vom Paradies und Ihr entfernt   Euch   leider   immer   mehr!

Alles, was Ihr nicht Sehen könnt, existiert nicht für Euch, aber, existiert IHR eigentlich noch? Fühlt Ihr Euch noch? Könnt Ihr noch in den Spiegel schauen?

Eine Welt von „Ja"-Sagern, von „nicht Hinsehern". Was geht mich der andere an?

„Ich bin wichtig."

Wisst Ihr eigentlich noch, wozu Ihr „Ja" sagt? Und derjenige, der sich jetzt angesprochen oder angegriffen fühlt, sollte genau jetzt anfangen, wieder zu fragen!

Was und Warum,das Feuer, welches noch da ist, schüren. Schau Dir doch mal einen fremden Menschen an, bewusst an, „mit dem Herzen"!

Lerne wieder „Sehen", hilf in Deiner Art,mit Deinen Mitteln, damit hilfst Du auch Dir selbst.

Lerne wieder Hören, lerne wieder Sehen, nimm das Abenteuer Leben wieder an. Such Dich.

Du wirst staunen, was Du findest!

Du wirst staunen, was Du siehst.

Du wirst staunen, was Du hörst.

Wenn Du wieder siehst und hörst, geh über Dein „Ich"

hinaus, und Du wirst merken, wie spannend das Leben ist.

Es ist so spannend.

„Wenn Du hinschaust"!

*****

5

Ziel

Endlich ein klares Ziel, ein letztes Mal durchstarten. Vielleicht letztes Mal? Und wie man immer denkt, wenn man noch mal neu anfängt „jetzt aber richtig".

„Richtig", wann weiß man überhaupt, was richtig oder falsch ist?Weiß man, wann man am Ziel ist? Weiß man, was oder wo das Ziel ist? Und wie findet man den Weg?

Ohne Weg kein Ziel und ohne Ziel kein Weg. Die Fragen hören nie auf: Warum bin ich, wer bin ich, was will ich?

Jeder Mensch ist auf der Suche, auch die Menschen, die sich nicht alle Fragen stellen, und auch diese sind, wenn auch unbewusst, auf der Suche. Alles, aber auch alles, hat einen Sinn, auch wenn wir ihn nicht sofort erkennen.

Mach Dich auf die Suche nach dem Sinn und finde Dein Ziel, Deinen Weg.

Wer nicht weiß, wohin er will, muss sich auch nicht Wundern, wenn er „irgendwo ankommt".

*****

6

Es war einmal

Es war einmal, und es war einmal schön, bis wir uns verloren haben auf der Suche, und dann auch noch vergessen haben, dass wir überhaupt auf der Suche sind.

Auf der Suche nach Glück, nach dem Sinn, und wir suchen viel zu oft „im Außen" statt „in uns" zu suchen.

Eventuell kommen wir irgendwann mal dahinter, nicht im Außen, in Dir sind die Antworten auf alle Fragen! In Dir ist alles verborgen, was Du suchst.

An dem Punkt, wenn wir das wissen, können wir die Richtung ändern, wenn wir wollen. Wenn wir merken, irgendetwas stimmt in meinem Leben nicht mehr. Trotzdem, nichts bis hierher war falsch. Es gibt kein Falsch.
Alles hatte einen Sinn, alles was wir Erleben, führt uns genau dahin, wo wir eigentlich hin wollen.

Das Erkennen der Zusammenhänge kann manchmal etwas schwierig sein, ein anderes Mal wieder ganz einfach und klar. Manchmal glauben wir an Zufälle, aber es gibt sie nicht.

Man kann es gut erkennen, das alles so kommen musste, wenn man zurückschaut.

Es ist spannend, wie sich alles wie ein Puzzle zusam-
menfügt. Seid ehrlich zu Euch selbst, Ihr habt immer
eine Ahnung gehabt, „da gibt es doch noch mehr, da
muss es doch etwas geben", gebt also nie auf!

Macht Euch auf die Suche, erkenne Deinen Sinn, Deinen Plan im Leben, Dein persönliches Paradies.

Mach Dich auf die Suche. Du bist wichtig, Du hast
eine Aufgabe, einen Lebensplan, darum bist Du hier.
Mach Dich auf die Suche, finde Dich wieder, Deinen
Plan, Deinen ganz persönlichen Plan.

*****

7

Träume

Ich sitze in einem spanischen Bistro, es regnet. Ich höre um mich herum diese fremde Sprache, die ich immer noch nicht spreche, und bin eigentlich froh, dass ich nichts verstehe und auch nicht spreche! Es lässt davon träumen, die Welt sei friedlich, ich muss nicht darüber nachdenken, was ich höre. Es ist eine melancholische Stimmung.

Ich sitze hier allein und trinke mein Kaffee, im Radio spielt gerade eine traurige Musik, das passt gerade. Ich fühle eine angenehme Ruhe, alles ist unwirklich.

Ich sitze hier und sehe das Meer, die Berge und Palmen, als wäre ich inmitten einer romantischen Filmkulisse. Ein warmes angenehmes Gefühl steigt in mir auf. Mein Zuhause!

Im Moment ist das alles für mich noch irgendwie nicht real. Mir fällt dazu ein, „ein Hauch von Glück ein Hauch von Ahnung", wie das Paradies sein könnte. Wie würde es sich anfühlen?Ich spüre eine Sehnsucht, Sehnsucht, dieses Glücksgefühl festzuhalten!So stelle ich mir das Paradies vor.

*****

8

Mein inneres Haus

Der Weg zu meinem imaginären Haus ist, soweit man sehen kann, mit gelben, goldgelben Blumen gerahmt, dazwischen wehende zarte grüne Gräser. Direkt neben dem Haus hohe alte große Bäume, Ahornbäume.

Am Eingang geht eine alte Treppe mit marodem Geländern nach oben zur Haustür, zum alten aber verträumten Haus. Die Tür steht auf und lädt dazu ein, seiner Neugierigkeit zu folgen und hereinzugehen.

Wenn man nun hineinkommt, ist alles aus Glas, voll Blumen, in allen Formen. Dann kam die Stube, ein riesiger Raum, der keine Fenster hatte und der ganze Raum ist vollgestellt mit schweren alten und dunklen, braunen Möbeln.Das darin stehende Sofa ist tief dunkelblau und sehr tief zum Sitzen und lädt auf keinen Fall zum Sitzen ein. Danach kommt ein viereckiger Flur, von dort kommt man in „mein Zimmer",

das Zimmer ist leer, die Wände sind weiß und wirken kalt, der Boden besteht aus Holz. Das darin befindliche Fenster ist geöffnet, und die Sonne kommt mit ihren warmen Strahlen ins Zimmer und hebt die Kälte der Wände ein bisschen auf.

Durch die gelben Blumen, die man durch das Fenster

sehen kann, und soweit man sehen kann sind es nur gelbe Blumen, wird man wegen der Sonne regelrecht geblendet! Das ganze Haus hat nur zwei Zimmer und im hinteren Teil gibt es noch eine Treppe, sie geht links nach oben und führt……ins Nichts!

Und, wie sieht Dein inneres Haus aus?

*****

8

Wolken

Zwischen den Wolken die sich langsam am Horizont vom blau ins lila Färben, strahlt die Sonne, man spürt förmlich die kraftvolle Energie, es erzeugt angenehme Glücksgefühle!

In dieser schönen Landschaft, im saftig grünen Gras liegen, und in den wie verzaubert aussehenden Himmel zu sehen, das ist es, was mir innere Ruhe verschafft.

Alles Vergessen und ins Universum schweben.

*****

9

Abschied

Abschiedsschmerz ist kaum zu beschreiben, kaum zu ertragen!

Ein Ziehen im Magen, ein Wirrwarr an Gedanken. Man weiß nicht was man tun soll, wie ablenken, wie damit umgehen, schmerzlich ist der Abschied, von was auch immer.

Abschied tut weh!

Und wenn man älter wird, denkt man ok, dann nimmt der Schmerz etwas ab. Irrtum Abschied schmerzt auch dann noch, es tut nur immer mehr weh. Aber er gehört eben, wie alle anderen Gefühle, zum Leben.

Abschied

*****

10

Oma - Mama

Wenn ich an Oma und Opa zurückdenke, spüre ich Wärme, Liebe und Geborgenheit.

Denke ich an Mutti, spüre ich Kälte! Was mag sie in Ihrem Leben durchgemacht haben, dass Sie so kalt geworden ist? Es tut mir leid, Sie tut mir leid, und „für" Sie tut es mir leid!

Ich weiß, dass auch ich oft Liebe in meinem Herzen verstecke, ich denke, Sie auch. Wir denken beide, nur nicht so viel an sich heranlassen, sonst wird man nur immer wieder verletzt.

Schade.

Trotzdem, der Gedanke an Oma erwärmt mein Herz!

*****

11

Kinder

Es gibt keiner zu, aber Kinder zu haben, bedeutet nicht nur schöne Zeiten. Man gibt seine ganze Liebe, „und das auch gerne". Man verlangt keine Dankbarkeit, keine Gegenleistung, „ist ja klar", und keiner sagt dir vorher, das Kinder, neben zum Beispiel Fröhlichkeit, Liebe und Anhänglichkeit, auch viele Tränen und schlaflose Nächte bereiten können.

„Als die Kinder klein waren, dachte ich, ich werde nie mehr ausschlafen können".

Angst und manchmal Verzweiflung, aber man darf das als Mutter nie sagen, dann ist man gleich „Kinderfeindlich", und darum erzählt das auch keiner.

Warum kann man nicht darüber sprechen, es würde vielen Müttern helfen und es würde Ihnen besser gehen, den Kindern auch.

Mütter zufrieden, Kinder zufrieden!

*****

12

Zugfahrt

Ich sitze im Zug. Ich weiß gar nicht mehr genau, wo ich eingestiegen bin, wie das geht weiß ich auch nicht. Ich könnte es nicht erklären und schon gar nicht weiß ich im Moment, wohin ich eigentlich will.

Weil ich gerade so darüber nachdenke, während die Landschaft an mir vorbeifliegt, fällt mir auf, dass das auch für mein Leben so gilt.

Ich habe vergessen was ich eigentlich will und wohin es gehen soll. Wie die Landschaft mit der Zugfahrt vorbeifliegt, fliegt auch gerade mein Leben an mir vorbei.

Ich glaube, ich muss die Notbremse ziehen, ich glaube, ich muss aussteigen, ich glaube, ich muss die Richtung ändern.

Ich muss umsteigen, ja genau, ich muss umsteigen!

*****

13

Das Meer

Fünf Uhr morgens, ich sitze am Meer und leise schlagen die Wellen an die vom Salzwasser glänzenden Klippen. Das Meer hinterlässt weißen Schaum, und wenn man es träumerisch betrachtet, dann erkennt man schemenhaft Figuren, wenn das Wasser sich leise wieder zurückzieht.

Es regt meine Fantasie an und man spürt förmlich die Kraft, die dahinter steckt. Es ist wie eine Meditation, einfach nur hier zu sitzen. Die Sonne geht auf, der Tag fängt an. Wie die Wellen des Meeres nehme ich es entrückt wahr, es ist noch kein Mensch zu sehen, nichts vom Alltagsstress, der gleich beginnt.

Nur das Rauschen des Meeres das Zwitschern der Vögel, die zarten Strahlen der aufgehenden Sonne.

Ich schaue auf das Meer in die Weite, am Horizont in die Ferne, und lasse mich noch einen Moment vom Meeresrauschen tragen

Tragen in den beginnenden Tag, mit der Kraft und der Schönheit dieser Situation. Der Tag muss schön werden.

Ein letzter Blick auf die Stille und Schönheit, die uner-schöpfliche Kraft des Meeres, die noch leise schlum-mert. Ich stehe auf und gehe.

Was mag der Tag bringen?

*****

14

Die vergessene Generation

Ich finde es einfach schade, das die ganze Welt sich den ganzen Tag immer nur noch um die Jugend dreht!

Es ist doch alles gut, wenn Ihr sagt, „jetzt sind Wir dran". Könnt Ihr ja auch, aber muss man deswegen gleich die „Alten" vergessen, sie Abschieben?

Es ist so schade, denn auch „Ihr werdet alt"!

Da ich jetzt auch zu den „Alten" gehöre, liegt es mir am Herzen, über unsere Lieben,kleine Geschichten zu schreiben, um sie so „nachträglich" zu ehren und für unsere Kinder und Enkel festzuhalten, was sie nicht wissen können, aber ich meine, wissen sollten!

Viele werden jetzt sagen, „das stimmt nicht", ich liebe meine Großeltern! Ja, ist ja richtig, sprechen ich Euch auf keinen Fall ab, trotzdem gibt es so viele „Alte" die einsam sind, die vergessen werden. Das ist nun mal so!

Es interessiert sich keiner wirklich für ihre Geschichte und glaubt mir, sie haben so viel zu erzählen. Es wäre schade, wenn Ihnen niemand zuhört!

Und wenn man einmal in sich geht, muss man zugeben, dass es leider so ist.

Ich möchte auf gar keinen Fall „Rügen", sondern „Rütteln", „Aufrütteln"!

Setzt Euch doch einmal mit Euren Eltern und Großeltern hin und fragt sie „wie war dass bei Euch"? Sie freuen sich und erzählen gerne aus ihrem Leben.

Schenkt den älteren Menschen ein bisschen von Eurer Zeit, und denkt dran, „Ihr werdet auch einmal Alt!"

*****

15

Schutzengel

Der Sohn einer guten Bekannten ist tief, ganz tief in seinem Herzen, ein ganz lieber Mensch, hat sich aber für sein Leben ausgesucht, „in jedes Fettnäpfchen zu stampfen", was sich ihm so in den Weg stellt.

Wobei man manches Mal das Gefühl hat, er stellt sie auch noch selber direkt vor seine Füße, damit er auch ja jedes trifft! Dieser Sohn hat es sich zur Aufgabe gemacht, „Schutzengel voll zu beschäftigen".

Nicht halbtags, nein, „Vollbeschäftigung"! Von kleinen täglichen Einsätzen, bis hin zu dramatischen Erlebnissen.

An diesen jungen Mann konnte und kann man genau erkennen, dass es so etwas wie Schutzengel geben muss, das alles hat nichts mehr mit „Glück" zu tun. Man könnte denken, er ist als „Schutzengel-Tester" unterwegs, was für seine Eltern zum Beispiel gar nicht witzig war!

Vor allem können sie gar nicht mehr zählen, wie oft sie Anrufe bekamen, sofort wieder irgendwo hinzukommen, weil etwas passiert ist.

Auf dem Weg zum Geschehen waren die Eltern jedes

Mal fix und fertig, und wenn sie dort eintrafen, sah die Situation dramatisch aus, was sie auch war. Aber dem Sohn war „wieder NICHTS passiert", und das war nicht nur einmal.

Im Namen dieser Eltern und bestimmt auch vieler anderer, kann man nur sagen, „danke Schutzengel"!

Danke das es Dich gibt!

*****

16

Bäume

Nie dachte ich über Bäume nach, bis ich eines Tages ein schönes Erlebnis hatte mit einem Baum und einem polnischen Schauspieler, der in meinem Leben eine große Rolle spielt. Durch ihn hatte ich wunderbare Baumerlebnisse.

Damals wohnten wir in einem Haus am Rande der Stadt, mitten im Wald, und somit standen auch auf dem Grundstück einige große Bäume. Man hat sie eigentlich nie wirklich beachtet, eben wie jeder sie sah, eben ein Baum.

Eines Tages, Marek, so heißt er, war zu Besuch, lud er mich ein, mit ihm zusammen einen Baum zu umarmen. Ja, ich habe genauso geschaut wie Ihr.

Er erklärte mir, dass man weiter nichts machen muss, wie den Baum zu umarmen und die Stirn daran zu lehnen und einfach warten.

Damals sagte Marek, „es ist, als wenn Du einen Freund liebevoll umarmst und wenn der Baum Dich annimmt, wirst Du es schon merken." (Nicht Lachen)!

Das machten wir einige Tage nacheinander, ohne dass ich irgendetwas spürte. Ich konnte mir auch nicht wirklich vorstellen, was passieren sollte, es war aber trotzdem ein schönes Gefühl, mit Marek zusammen den Baum zu umarmen. Schon das war es wert. Doch dann, ich hatte es schon aufgegeben, fühlte ich plötzlich den Baum nicht mehr. Ich wagte es nicht, mich zu bewegen, ich hatte das Gefühl, als stehe ich jetzt im Baum und der Baum umarmt jetzt mich. Es war so eine schöne Wärme, ein Gefühl von Geborgenheit, ich wollte gar nicht mehr weg. Unbeschreiblich!

Marek sagte mir dann später, nachdem ich ihm mein Erlebnis erzählt hatte, „Dein Gefühl hat Dich nicht getäuscht, der Baum hat Dich angenommen"!

Also stehe ich ja mit beiden Beinen auf der Erde, aber das war tatsächlich etwas, was ich mir nie hätte vorstellen können. Von nun an sah ich Bäume tatsächlich mit anderen Augen.

Später einmal verbrachten wir ein Wochenende auf einer Insel, und auf dem Weg dorthin kamen wir an einem Park vorbei, indem sich „Mammutbäume" befinden. Das war ja nun klar, dass ich dorthin musste, da kam ich nicht vorbei, ohne einen Spaziergang darin zu machen.

Gott sei Dank habe ich einen Mann, der mich nicht für verrückt hält, weil ich Bäume umarmen will, und machte mit mir gemeinsam einen Spaziergang durch diesen Park. Es war für uns beide zauberhaft im wahrsten Sinne des Wortes.

Ich jedenfalls merkte nach kurzer Zeit, dass meine Hand an der Seite, jeweils wo Bäume standen, erst ein wenig dann immer mehr, anfing, zu kribbeln. Bis es der ganze Arm war, aber immer nur dann, wenn wir an den riesigen „Mammutbäumen" vorbeikamen! Ich hatte dass Gefühl, sie schicken mir Energie! Es war ein wunderschönes Gefühl.

Nach einigen Jahren fuhren wir wiedereinmal dorthin und ich hatte das gleiche Gefühl und Erlebnis wieder. Und noch einmal, ich sehe jetzt Bäume anders. Man muss ja keine Bäume umarmen, aber man sollte auch nicht über so etwas lachen.
Da fällt mir noch ein schönes Erlebnis ein, wir haben einen träumerischen Ort auf einem Berg mit einer Naturquelle, wo noch fünf echte Eremiten leben!

Da gibt es auch einen schönen Wanderweg, und an diesem Weg steht ein riesiger Baum. Wenn man ihn sieht, hat man gleich das Gefühl von Magie.

Der Umfang ist so riesig, das man ca. vier bis fünf Menschen braucht, um ihn zu umarmen und sich dabei an den Händen halten.

Als eine liebe Freundin zu Besuch war, bin ich mit ihr zu diesem Baum gegangen, um mit ihr gemeinsam den Baum zu umarmen. Während wir nebeneinander den Baum umarmten, mit geschlossenen Augen, blinzelte ich ein bisschen, um zu sehen, wie die Wanderer die hier an uns vorbei müssen, dass Schauspiel ansahen, und war erstaunt, dass die ganz leise versuchten an uns vorbei zu kommen, ohne uns zu stören.

Auch ohne zu lachen, ich staune, auch keine blöden Kommentare oder Grimassen!

Das heißt für mich, dass sich dass Denken der Menschen verändert hat. Es sah bestimmt komisch aus, wenn zwei Frauen an einem Baum „Kleben", ich habe mich richtig gefreut, dass diese vorbeilaufenden Wanderer sich so verhalten haben!

Jedenfalls haben für mich die Bäume ab jetzt eine besondere Bedeutung.

*****

17

Am Fenster

Es ist kalt und dunkel im Zimmer, Heizung gibt es nicht und ich stehe auf, gehe aus dem kuschelweichen schönen warmen Federbett, ganz leise.

Wir sind vier Mädchen in einem Zimmer, darum mache ich auch kein Licht an, wir schlafen zu zweit in einem Bett und ich will niemand wecken. Auch unsere Eltern, die genau unter unserem Zimmer in der Stube sitzen, wie immer Fernseher schauen, dürfen uns nicht hören, denn sonst heißt es wieder „ab, sofort ins Bett"! Aber die Zeit, die ich mir stehle, um nachts für mich allein am Fenster zu stehen, bzw. sitzen, in den Sternenhimmel zu schauen und vor mich hinzuträumen, das will ich mir nicht nehmen lassen.

Ich tapse also barfuß auf dem kalten Boden zum Fenster, nehme mir eine Wolldecke mit, die mit auf dem Bett liegt.

Jetzt kletter ich auf den Nachttisch, der vor dem Fenster steht, mache leise die Gardine beiseite, um dann auf die Fensterbank zu klettern, und das alles ganz leise, damit die Mädchen nicht wach werden, denn sonst wäre es vorbei mit der schönen Träumerei.

Das ist so wichtig für mich, weil es das einzige Geheimnis ist, was ich habe, neben meiner Brieffreundschaft mit einem Jungen aus einer Großstadt. Ich bin die Älteste von sechs Kindern und musste schon sehr früh Arbeiten, kannte außer ein oder zwei Mal die Woche mit der „Familie" Fernschen schauen, keine Freizeit. Ja, das gab es und zu der Zeit interessierte das kein Jugendamt.

Jetzt hatte ich mich in die Decke gehüllt und saß auf der Fensterbank, ein absolutes Erlebnis. Ich sehe in den Himmel, ganz klar die Sterne, den Mond, der nur halb zu sehen ist, und stelle mir vor, wie mein Brieffreund jetzt eventuell auch dasselbe Bild sieht wie ich.

Manchmal machen wir per Brief bestimmte Zeiten aus, an denen wir gleichzeitig in den Himmel schauen, das macht mir ein kribbelndes Gefühl im Magen. Ich fühl mich ihm dann immer sehr nahe, obwohl ich Ihn noch nie gesehen habe, bis auf das Bild.

Gerade denke ich daran, wie schwierig es für mich ist, diese Brieffreundschaft zu führen, denn die Eltern durften davon nichts wissen und somit mussten die Briefe auch zu meiner Freundin geschickt werden und die sendet die Briefe weiter zu ihm. Es bereitete mir immer Bauchschmerzen, da man immer Angst hatte, das die Eltern etwas mitbekommen!

Jetzt im Augenblick bin ich richtig glücklich, sitze hier eingemummelt, keiner hört oder sieht mich und ich kann meinen Gedanken nachhängen.

Ich denke an die große Stadt, wo mein Brieffreund wohnt, stelle mir die vielen Lichter vor, die jetzt am Abend die Straßen beleuchten, die vielen bunten Geschäfte, Autos und Busse.

Ich stelle mir das alles ganz toll vor, denn hier auf dem Dorf ist nichts los, nichts zu sehen, alles ruhig, keine Autos und nicht einmal ein Mensch auf der Straße. Irgendwann möchte ich so gerne mal in die große Stadt, habe richtig Sehnsucht nach dem Großstadttrummel! Ob ich wohl jemals hinkomme?

Ich möchte so gern mit meinem Brieffreund durch die belebten und beleuchteten Geschäften schlendern. In meinen Tagträumen mach ich es schon. Im nächsten Brief werde ich ihm schreiben, was ich heute an meinem Fenster so dachte und mal sehen, was er dazu sagt. Außerdem müssen wir wieder einen Termin ausmachen zum gemeinsamen „Sterne schauen"! Ich freue mich schon sehr darauf und hoffe, es bleibt alles weiter unentdeckt.

Trotz der Wolldecke habe ich jetzt „Eisfüße". Es ist ja auch Januar und demzufolge fängt es jetzt auch noch an zu schneien.

Leise krabble ich wieder ins Bett zurück und schlafe glücklich, mit den Gedanken an meinen Brieffreund, ein.

In dieser Nacht träume ich intensiv von der großen Stadt mit den vielen Lichtern und natürlich von meinem Brieffreund.

Am nächsten Morgen bin ich gleich zum Fenster und sehe an den Scheiben Eisblumen, die wiederum zum Träumen einladen, weil man so seine Fantasie in den Mustern der Eisblumen sehen kann.

Aber es zeigt auch, wie eisig kalt es im Zimmer ist, das Fenster zeigt es ganz deutlich.

*****

18

Weihnachten 1986

Wir haben vier Kinder, ich machte Heimarbeit und mein Mann arbeitet im Schichtdienst. Damit man sich mit und für die Kinder etwas leisten konnte, reichte es nicht mehr aus, „nur" Heimarbeit zu machen, denn mehr wie Arbeiten konnte mein Mann ja auch nicht.

Also suchte ich in der Zeitung nach einem neuen Job und fand auch eine Anzeige von einer Wäscherei, die eine Manglerin suchte. Hatte ich noch nie gemacht, lässt sich aber doch bestimmt erlernen, denn es hörte sich alles sehr gut an, „halbtags für fünf Tage die Woche", und für die Zeit nach dem Kindergarten und Schule konnte Opa auf die Kinder aufpassen, der freute sich schon, als ich ihn fragte, ob er das machen würde. Denn er ist schon seit einigen Jahren Witwer und war alleine.

Also gut, ich ging zum Vorstellungstermin und, obwohl die Inhaber Zweifel hatten, weil ich das noch nie gemacht habe, und Kinder, haben sie mich eingestellt, nachdem ich versichert habe,

dass der Opa immer da ist und ich nicht wegen der Kinder fehlen würde.

Der Job machte mir sehr viel Spaß und ich lernte sehr

schnell, denn ich habe gerne gearbeitet.Sehr schnell fühlte ich mich wohl, Chef und Chefin waren sehr nett und von mir begeistert!

Zu Hause lief auch alles super, die Heimarbeit hab ich einer Ehefrau vom Kollegen meines Mannes gegeben und somit noch jemand etwas Gutes getan. Mit tat es nun gut, einen halben Tag außerhalb der eigenen vier Wände zu arbeiten. Später habe ich noch dafür gesorgt, dass eine Freundin auch noch einen Job in dieser, meiner, Wäscherei bekam. Gutmütig oder dumm, wie ich war, oder beides, ich werde es später erfahren!

Denn irgendwann merkte ich, das sie versuchte mich raus zu mobben, indem sie hinter meinem Rücken schlecht über mich redete bei den Chefs. Zuerst dachte ich, dass ich mir das einbilde, aber irgendwann wurde es immer deutlicher!

Von nun an war es für mich der reinste Horror dort morgens zur Arbeit zu gehen, denn es war kaum noch zu ertragen und ich bin nicht gerade zimperlich.

Außerdem waren wir nun auf mein Geld angewiesen, die Heimarbeit war ja nun auch weg.

Zu allem Übel kam noch hinzu, das ich das Auto vom Chef zu Schrott gefahren hatte und einen Teil von der Reparatur aus eigener Tasche bezahlen musste, was er mir wöchentlich von meinem Lohn gleich abgezogen hatte. Wäre ja alles ok, aber ich konnte nicht mehr und schleppte mich Tag für Tag zur Arbeit.

Nachdem mein Mann und ich intensiv darüber geredet haben, sagte er, und wir kamen überein, ich soll da aufhören zu arbeiten und ich kündigte. Es tat mir in der Seele weh, denn die Arbeit war so toll, das Geld hat gestimmt und tat uns gut, die Kinder waren mit Opa glücklich, und nun alles aus. Die Autoschulden kamen jetzt noch dazu, aber ich konnte nicht mehr!

Das alles nur, weil ich diese blöde „Kuh" von „Freundin" mit in die Firma holte, hätte ich das bloß nicht getan. Aber zu spät, nun hatte ich den „Salat". Nie wieder!

Langsam ging es nun auf Weihnachten zu und uns beiden war klar, das wird nicht so wie sonst und das machte uns traurig, weil wir für unsere Kinder immer nur das Beste wollten.

Dann rief mich meine „Chefin" an und erinnerte mich an die Autoschulden, woraufhin ich ihr sagte, dass ich ja im Augenblick keine Arbeit habe und solange nichts geht mit abzahlen. Ich hatte nun zwar ein schlechtes Gewissen, aber so war es nun mal.

Nach kurzer Pause am Telefon sagte sie dann, ich könnte, wenn ich möchte, nach 18 Uhr, wenn der Laden geschlossen ist, die Wäscherei putzen und somit die Schulden für das Auto tilgen.

Das Angebot fand ich so toll, ich brauchte niemand zu begegnen und konnte die Schulden wenigstens so los werden.

Das ist nicht viel, aber trotzdem war ich zufrieden, und wenn ich demnächst einen Job finde, könnte ich das trotzdem alles weitermachen und evtl. hier auch weiter putzen, wenn die Schulden bezahlt sind.

Alles lief super und ich hatte regelrecht „Heimweh" zu „meiner Wäscherei", aber gut, jetzt ebben putzen.

Weihnachten kam immer näher und ich war schon traurig, denn wir hatten zwar für die Kinder einige kleine Geschenke, aber für uns nichts. Aber gut, brauchten wir auch nicht unbedingt doch es machte schon traurig.

Die Chefin rief mich noch einmal an um mich zu bitten, auch am Heiligabend den Laden zu putzen. Na klar, das bekam ich schon hin. Als ich an diesem Abend in den Laden kam, sah ich auf dem großen Bügeltisch alles voll mit Geschenken in allen Größen und Formen.

Das machte mich noch mal traurig, weil ich es schön fand, was die Chefin (außer für mich) für das Personal hergerichtet hatte. Offensichtlich wollten sie morgen eine Weihnachtsfeier machen, tja, ich gehörte ja nicht mehr dazu.

Ich fing also mit meinen Putzarbeiten an und wollte heute ein bisschen schneller machen, schließlich war ja Heiligabend.

Mitten in meinen Arbeiten klingelte das Geschäftstelefon, das war ja nicht mehr mein Job und somit ging ich auch nicht an das Telefon. Ich putzte weiter und noch einmal klingelt das Telefon, ein drittes und viertes Mal. Dann sagte ich mir, es nervt und gehe ran.

Es war die Chefin und wollte tatsächlich mich sprechen, aber das konnte ich ja nicht ahnen, und schon gar nicht das, was jetzt kam. Sie fragte mich, was ich von dem „Gabentisch" halte und ich sagte, dass er sehr schön ist und was sie für ihre Angestellten morgen vorbereitet hat. Eine kleine Pause am Telefon und dann sagte sie „schau dir doch Mal genau an, was da auf dem Tisch alles steht, das ist für euch!"

Jetzt eine kleine Pause bei mir und dann sagte ich „dass finde ich total süß von Dir, was davon ist denn für uns und darf ich nehmen" fragte ich.

Wieder eine Pause, „na, dass alles ist für euch", jetzt hätte ich mich fast verschluckt, weiß nur nicht woran.

„Das ist nicht dein Ernst" ‚stotterte ich ins Telefon, „doch" kam von der anderen Seite. Ich wusste nicht, was ich dazu sagen sollte, und es kam nur ein leises „Danke" aus mir heraus.

Die Chefin sagte „es ist schon gut, genieße es, bis dann und euch schöne Weihnachten" „Dir auch" bekam ich gerade noch heraus und dann legten wir den Hörer auf!

Nun sah ich mir den Tisch genauer an, es waren dort ca. zwanzig Päckchen in allen Größen. Ich nahm das eine oder andere Päckchen in die Hand und las auf allen die dort angehängten Weihnachtskärtchen, die mit goldenem Band verziert waren und mit Namen drauf. Für jedes Kind, für meinen Mann und mich, und jetzt musste ich mich erst einmal setzen, sah mir mit einiger Entfernung den Gabentisch an, sogar Süßigkeiten waren dabei!

Wo verdammt noch einmal sind Taschentücher? Egal, ich nehme jetzt Klopapier, weil ich wie ein Wasserfall heulen muss. So etwas habe ich noch nie erlebt und das hätte ich auch nicht im Traum gedacht.

Jetzt sitze ich hier, schau mir den Tisch an und heule, was das Zeug hält. Nachdem ich mich langsam wieder gefangen hatte, ging ich zum Telefon, rief meinen Mann an und gab mir Mühe, nicht gleich wieder loszuheulen. So ruhig wie möglich sagte ich, er möge, wenn er mich abholt, einen großen Wäschekorb mitbringen. Auf die Frage „warum", sagte ich nur, „das wirst Du schon sehen"!

Als er dann ankam und den Tisch sah, sagte er „oh, die haben ja morgen bestimmt eine schöne Weihnachtsfeier", worauf ich sagte „nein". „Wie nein", meinte er, „ganz einfach, das alles, was dort steht, ist für uns, deshalb solltest Du den Wäschekorb mitbringen"!

Mein Mann stand wie versteinert da, abwesend mit offenen Mund, schaute abwechselnd den Tisch und mich an und dann sagte er „das ist nicht Dein Ernst, das ist ein Scherz", „Nein" sagte ich, „lies die Kärtchen, und außerdem hat mich die Chefin angerufen und es mir gesagt".

Mein Mann konnte es genau so wenig fassen wie ich und nun saßen wir beide da und schauten uns dass Ganze noch einmal genau an, als wollten wir so lange wie möglich dieses Bild festhalten. Im Ernst, wir haben es bis heute nicht vergessen!

Wir legten also alles vorsichtig in den Korb und fuhren nach Hause ohne ein Wort miteinander zu reden, wir hingen beide unseren Gedanken nach.

Zu Hause angekommen feierten wir ein sehr schönes und emotionales Weihnachtsfest und wir waren alle sehr dankbar dafür.

Zu beginn des neuen Jahres, sagte mir dann die Chefin, dass ich dass Auto als „bezahlt" ansehen soll, denn das wäre auch noch mein Weihnachtsgeschenk!

Es gab bei uns einige schöne Weihnachtsfeste, aber dass hier zählt noch heute zu den schönsten!

*****

19

Auf einmal war ich alt

Ich sitze alleine auf einer Bank im Park und langsam wird es dunkel. Aber dass ist mir irgendwie egal und ich weiß nicht, warum, aber ich werde, immer öfter traurig.

Da ich dass vor 30 Jahren schon einmal ganz schlimm hatte, glaube ich, dass ich Depressionen habe!

Mein Leben lang habe ich mich um andere Menschen gekümmert und kann ganz gut damit umgehen, trotzdem bin ich immer öfter traurig. Ich bin auch ein Stück wütend, denn verflucht noch mal, ich habe mich immer um alles und jeden gekümmert und jetzt sitze ich hier, mein Leben läuft vor mir ab. Und ohne dass ich es mitbekommen habe, bin ich auf einmal alt!

Ja ja, ich weiß, positiv denken.

Das habe ich Hunderten von Menschen selbst vermittelt, nur bei mir selbst funktioniert dass nicht wirklich immer.

Ich erwarte von keinem dass er für mich da ist, bin aber traurig über dass, was aus allem geworden ist. Irgendwie fühle ich mich alleine gelassen.

Ist dass so, wenn man alt ist oder wird? Nun gut, jetzt sitze ich hier im Park und schaue mir die vom Baum fallenden Blätter an, denn es wird langsam Herbst, wie eben auch bei mir.

Ich beruhige mich wieder und trotzdem blieb die Traurigkeit, meditativ lief vor mir mein Leben wie im Film ab. Ich fühle gerade genau, ich bin eigentlich mit mir böse, obwohl es den Anschein macht, dass ich mit meiner Umwelt böse bin.

Warum habe ich immer auf alles verzichtet zugunsten anderer? Immer und immer wieder blieb ich dabei auf der Strecke, aber das war meine eigene Schuld, das weiß ich jetzt! Will damit sagen, wenn man so unglücklich und wütend ist wie ich im Moment, sollte man alles Revue passieren lassen und auch im Alter noch an sich arbeiten und etwas für sich tun.

Ich sitze noch eine Weile und denke über alles nach. Zum Schluss stehe ich auf, mit dem Gedanken, das war es noch nicht. Ich versuche, nein, ich werde mein Leben trotz des Alters ändern, und zwar so, das es mir gefällt.
Plötzlich sieht der Park mit den „alten Bäumen" viel freundlicher aus!

Nun ist es schon ganz dunkel und ich schlendere langsam nach Hause. Lange hatte ich schon über mein Leben nachgedacht und jetzt, nach 2 Stunden im Park sitzen, fühlte ich mich regelrecht befreit, weil ich für mich eine Entscheidung getroffen habe!

Mir ist klar, das war der Anfang und nun beginnt die Arbeit, ich freue mich darauf und bin seit langem richtig befreit. Das erste, was passierte war am nächsten Morgen, ich sah in den Spiegel und der sagte „siehst, Du bist nicht alt" !

Der erste Tag nach meiner Entscheidung begann dadurch mit einem Lächeln.

*****

20

Die kleine Katze

Wir hatten schon vier Katzen,alle aus einer Notsituation gerettet, da erzählte mir der Freund unseres Sohnes, dass seine Katze Babys bekommt. „Och ist das süß, sagte ich nur dazu, woraufhin der Freund meinte, das er,beziehungsweise seine Familie, die auf keinen Fall behalten wollen.

„Ja gut, was macht ihr nun", fragte ich ihn, worauf er lapidar antwortete, „wenn die Katzenbabys niemand haben will, werde ich sie ertränken, oder möchtest Du sie haben"?

Ne ne, das kam ja gar nicht in Frage, wir hatten schon vier und man weiß außerdem nicht, wie viel Babys kommen, also nein, das war nicht möglich.

Damit war die Geschichte erst einmal vom Tisch. Dachte ich!

Tage vergingen und ich hatte die Sache mit den Katzenbabys vergessen, und als der Freund wieder davon sprach, fragte ich ihn noch einmal

eindringlich, ob das sein Ernst sei mit dem Ertränken der Babys! Denn wie konnte man so etwas nur übers Herz bringen?

Von da an gingen mir die Katzen nicht mehr aus dem Kopf, ja, ich habe tatsächlich deswegen nun schlecht geschlafen.

Eines Tages rief er mich aufgeregt an und wollte wissen, was er nun machen sollte, weil die Katze gerade ihre Babys bekommt. Ich gab ihm die Anweisung vor allem Ruhe zu bewahren, denn die Kätzchen kommen von ganz alleine, er braucht nichts zu machen.

Später kam er vorbei und berichtete, dass es drei Babys sind und allen gut geht.

Ich hatte lange nachgedacht, die Familie brauchte ich gar nicht fragen, denn die Arbeit hatte ja sowieso ich. Also sagte ich ihm, er möge die Babys nicht ertränken, ich nehme eins ab und werde mich weiter umhören, wer die anderen zwei Babys nehmen möchte. Auch an ihn aber die Bedingung, dass er die acht Wochen behalten muss und sie solange bei der Mutter bleiben müssen!

Er gab sein ok, somit waren wir uns einig. Inzwischen versuchte ich noch die zwei Babys unterzubringen. Nach sechs Wochen hatte ich immer noch keinen gefunden und nun machte mir der Freund Druck und meinte „mir egal, dann setze ich die anderen zwei eben aus, wenn Du die eine nimmst"!

Abgesehen davon, dass sechs Wochen immer noch sehr früh waren, konnte ich auch nicht zulassen, dass die zwei ausgesetzt werden, denn er wollte sie unbedingt jetzt sofort loswerden!

Ich ließ mir keine Zeit mehr zum Nachdenken und entschied, so Irre, wie ich bin, „also los, bring sie alle drei hierher"! Ich konnte mir ja dann in Ruhe die Zeit nehmen, für zwei Babys jemand zu suchen.

Und nun waren es natürlich sieben Katzen in unserem Haus, „sehr lustig". Meine Familie fand die Kätzchen ja alle ganz süß, aber mich hielten sie trotzdem für verrückt.

Ach Gott, waren die süß, und mit unseren anderen Katzen ging verhältnismäßig gut. In der Folgezeit hatte ich zwei Bekannte gefunden, die jeweils eine Katze haben wollen. Sie konnten aber nicht gleich abholen, war ja kein Problem, denn bei uns haben sie sich super wohlgefühlt.

Zwei Wochen waren vorbei, die Katzen waren alle noch bei uns und nun konnte ich mich nicht entscheiden, welche ich weggeben sollte, denn ich hing schon sehr an allen drei und Namen habe ich denen sicherheitshalber noch nicht gegeben!

Es ergab sich dann von selbst, denn die eine Katze folgte mir überall hin, und es ist wahrscheinlich, das diese dann hierbleibt!

Obwohl sich alle ziemlich ähnlich sehen, konnte ich sie gut auseinanderhalten, und die ich behalten wollte, konnte man gut erkennen, denn sie war auch deutlich kleiner als die anderen.

Endlich waren die zwei Babys abgeholt und im nach hinein habe ich gedacht, wenn ich niemand gefunden hätte, wären alle hiergeblieben!

Ganz schnell hat sich diese kleine Katze in mein Herz geschlichen, nachts schlief sie in meinen Haaren auf meinem Kopf. Ja richtig, sie wühlte sich dort so ein wie in ein Nest! Bewegen war natürlich nicht möglich, logisch, aber das war mir egal.

Weil sie so klein blieb und mir immer eine,von mir ge- machte Papierkugel,vor die Füße legte, damit ich die werfe (wie bei einem Hund!) und sie mir die wieder brachte, nannte ich das Kätzchen „Murmel"!

Nun hatten wir fünf süße Katzen und jede von Ihnen hatte ihren eigenen Charakter, aber „Murmelchen" war mein allerliebster Schatz.

Sie kam auch immer nur zu mir, schlief als einzige bei mir im Bett und jagte alle anderen Katzen raus aus dem Zimmer. Wenn sie aber auch auf mein Bett wollten, jagte sie die natürlich alle weg, sodass sie es, nach kurzer Zeit es gar nicht mehr versuchten.

Die kleine Murmel machte Sachen, die wir von den andren Katzen nicht kannten.

Eines Tages fragte ich dann mal unseren Tierarzt, weshalb „Murmelchen" so klein ist und ob sie so klein bleibt. Das bestätigte er und meinte, das ist eine „Tibetanische Tempelkatze"! Nun war mir auch klar, warum ich sie so faszinierend fand.

Auch ich bin klein und mich interessierte schon immer der Tibet, soll heißen, sie, die Katze, hat mich gesucht und gefunden! Ich hatte das Gefühl, als kennen wir uns aus einem anderen Leben.

Sie war jetzt fünf Jahre, da bekam sie diese schlimme Krankheit, woran die meisten Katzen sterben. Leider merkt man es immer zu spät, ich fand sie nämlich eines Tages im Keller in einer Ecke liegen und rief sofort unseren Tierarzt an, der auch gleich zu uns kam. Weil wir so viel Tiere hatten, es kam nämlich noch ein Schäferhund dazu.

Denn mein Mann sagte damals, wenn Ihr, die Kinder und ich, fünf Katzen habt, möchte ich einen Hund.

Der Tierarzt machte mir wegen Murmelchen nicht viel Hoffnung, kam aber trotzdem jeden zweiten Tag zu uns, um nach ihr zu sehen und Spritzen zu geben. Ich war total unglücklich, und da ich seit geraumer Zeit „REIKI" praktizierte, gab ich ihr täglich Reiki und der Tierarzt wunderte sich dann über die tolle „Genesung".

„Das war unser beider Verdienst", sagte ich ihm, mein kleines Murmelchen war wieder gesund!

Dieses kleine Ding war ganz fest in mein Herz gekrochen und mit der Schäferhündin war sie besonders befreundet, denn wenn sie rollig war, kuschelte sie mit dem großen Hund und nervte ihn so manches Mal, aber „Rexi" ließ sich alles gefallen.

In diesem „Katzenhaushalt" hatte „Rexi" sowieso nichts zu sagen, sie war bald eine „große, bellende Katze". Wenn ich oben im Haus, wo auch meine Praxis war, Reikikurse gab, durfte immer nur mein Murmelchen mit in das Studio, sie kuschelte sich dann immer in eine Ecke und gab keinen Ton von sich.

Irgendwann machte ich dann eine Entdeckung, die so süß wie unglaublich war, was ich dann auch in einem

Buch gelesen habe, und das bestätigte nur noch meine Vermutung.

Murmelchen schlief ja mit in meinem Bett und eines Tages merkte ich, wie sie ihr Pfötchen auf meinen Arm oder Bein oder Bauch legte, ihr Pfötchen richtig warm wurde, aber es war die „REIKI-Wärme". Man merkt das ganz genau, weil die anders ist.

So unglaublich es auch war, Murmelchen gab mir „Reiki", ich konnte es nicht fassen, denn es wiederholte sich immer und immer wieder!

Sie hat mir so viel Freude in meinem Leben gebracht, aber auch viel Leid. Leid, weil sie einiges durchgemacht hat. Ich habe ihr dreimal das Leben gerettet, einmal kam sie von draußen (Garten) wieder rein und rannte durch das Haus. Weil gerade die Kellertür auf war, rannte sie gleich durch den Flur in den Keller, vorsichtig ging ich hinterher, um zu sehen, was los war.

Das Verhalten war untypisch, und als ich im Keller Murmelchen in einer Ecke sah, bekam ich sofort Bauchschmerzen und dachte dabei gleich an früher.

Als ich mich ihr näherte, sah ich ein völlig verändertes Murmelchen, sie hatte ganz große Augen und fauchte mich sogar an. Das hatte sie noch nie gemacht, und dann sah ich auch, das mit ihren Ohren etwas nicht stimmt!

Ich versuchte sie zu beruhigen, um mir die Ohren genauer ansehen zu können, aber es dauerte einen Moment, doch dann ließ sie mich an sich heran und ich konnte sehen, das ihre Ohren ganz rot waren. Wo hat sie das bloß her?

Das sah so schlimm aus, das es mir persönlich körperlich wehtat, und ich legte ihr erst einmal eine Decke hin, brachte ihr Futter, Trinknapf und das Katzenklo und rief sofort den Tierarzt an.

Er schaute sich unser Murmelchen lange an und nach einiger Zeit meinte er dann, das er so etwas noch nicht gesehen hat, und man sollte zu 90%

davon ausgehen, dass jemand sie mit Säure besprüht hat! Ich konnte gar nicht glauben, was ich da hörte, mir wurde schlecht, ich wurde wütend und wusste im Moment nicht wohin mit mir!

Der Tierarzt gab mir dann eine Salbe und meinte, wenn sie hier im Keller bleiben möchte, soll ich sie dort lassen. Natürlich, habe ich auch.

Ich machte es ihr so gemütlich wie möglich und ging mehrmals am Tag in den Keller um sie zu streicheln und die Ohren mit der Salbe zu behandeln!

Die kleine blieb ganze sechs Wochen, Tag und Nacht, unten im Keller.

Ich konnte ja nicht Wissen, wer das war, aber Murmelchen tat mir so leid, dass ich jetzt alle Nachbarn hasste! Von da an ging mein Liebling nicht mehr nach draußen, denn der Tierarzt hatte recht.

Sie kam dann immer öfter aus dem Keller, ganz langsam hatten sich die Ohren erholt und die kleine Katzenseele auch. Von da an waren wir beide noch enger vereint als zuvor.

Nach einiger Zeit ging es ihr wieder super, sie klaute Koteletts aus der Küche und stolzierte mit meinem Staubwedel im Mäulchen durch die Wohnung. Wenn ich nicht mit ihr spielte, setzte sie sich direkt neben mich und stellte ein Pfötchen auf meinen Fuß, damit ich sie auch gar nicht übersehe! Wir hatten viele schöne Jahre!

Nachdem sie von mir gegangen ist, in den Katzenhimmel, wollte ich bis heute keine Katze mehr haben. Alle unsere Lieblinge, und auch „Rexi", sind nun nicht mehr da!

Es war so schmerzhaft diese Abschiede von unseren „Familienmitgliedern", das wollten wir nicht mehr. Unser Murmelchen wurde 17 Jahre alt und die Letzte von unseren fünf Katzen wurde sogar 20 Jahre. Unser Schäferhund „REXI" wurde 14.

Heute noch trauere ich meinem Murmelchen nach, genauso wie den anderen Tieren, aber am meisten vermisse ich die „kleine Katze"

*****

21

Der Liebesbrief

Mein Liebster, wie lange habe ich Dir nicht mehr gesagt, das ich Dich Liebe? Sehr lange, und darum habe ich schon seit geraumer Zeit das Gefühl, das ich es Dir dringend wiedereinmal sagen muss! Obwohl es, glaube ich, nicht der Worte bedarf.

Nein, stimmt nicht, man sollte es doch öfter sagen, und das mach ich hiermit

Ich liebe Dich
Ich habe Dich immer geliebt, obwohl im Laufe der Jahrzehnte unserer Ehe auch immer wieder mal Situationen waren, wo ich an Scheidung dachte oder Dich hätte würgen können. Wenn Du ehrlich bist, geht oder ging es Dir schon auch mal so!

Aber egal, schon, wenn Du kurz ohne mich etwas erledigst, freue ich mich, wenn ich Dich nach Hause kommen sehe, und das hat nichts mit Gewohnheit zu tun, dass weiß ich, beziehungsweise fühle ich.

Ich sehe Dir manche Nacht, wenn ich mal nicht schlafen kann, zu, wie Du Dich einkuschelst und schläfst, das Gefühl von Liebe zu Dir lässt, mich trotz Schläfrigkeit und kleinen Augen lächeln.

Ich empfinde eine warme harmonische Liebe zu Dir, ich bin froh, dass ich Dich habe, und wünsche mir noch viele, viele schöne Jahre mit Dir!

Ich empfinde eine andere, viel intensivere Liebe zu Dir wie am Anfang. Abgesehen davon bin ich heute noch stolz darauf, dass ich einen der schönsten Männer habe, ich bin stolz, dass Du zu mir gehörst

Ich Liebe Dich

Ich weiß, ich bin eine ziemliche Ziege, manchmal, und finde es von Dir süß, wenn Du immer sagst „ich liebe Ziegen"!

Was haben wir beide so in unserem gemeinsamen Leben durchgemacht, was ganz sicher dazu geführt hat, dass wir so zusammen gewachsen sind und unsere Liebe so warmherzig geworden ist.

Wir sind eben nicht davon gelaufen, wenn es stressig wurde, obwohl, na gut, einmal waren wir getrennt. Und ich glaube, zu der Zeit musste es so sein, aber in diesem Trennungsjahr war mir schmerzlich bewusst, das Du mein Traummann warst, bist und immer sein wirst!

Und das kann ich nach fast 50 gemeinsamen Jahren wohl beurteilen. **Ich Liebe Dich,** „alter Mann"

22

Vater

Hallo Vater, ich musste Dir einfach diesen Brief schreiben, obwohl ich weiß, das Du ihn niemals lesen wirst! Warum nicht? Nun, ich denke, Du wirst wahrscheinlich nicht mehr leben, denn nach meiner Rechnung und der Aussage meiner Mutter wirst Du ca. 89 Jahre alt sein, und wenn Du noch Leben solltest, möchte ich nicht der Grund sein, warum Du Dich aufregen würdest, schade, das ich Dich nie kennenlernen durfte!

Trotzdem, es ist mir unverständlich, das Du nicht versucht hast mich zu finden. Das konnte ja nicht so schwer sein, denn immerhin hast Du ja 18 Jahre Unterhalt für mich bezahlt.

Wie kann man ein Kind haben und sich nicht dafür interessieren, also ehrlich, ich würde sagen, jeder bekommt mal seine Strafe für sein Verhalten.

Nun könnte man sagen, dass ich ja auch tätig hätte werden können.

Ja richtig, aber meine Mutter hat es mir immer untersagt, und weil ich Ihr nicht wehtun wollte, habe ich mich Ihr zuliebe ruhig verhalten.

Als ich dann volljährig war, habe ich es nicht mehr ausgehalten und Dir einen Brief geschrieben mit dem Wunsch, Dich kennenzulernen. Ich fand heraus, wie Du heißt und wo Du wohnst, das hättest Du auch machen können. Jedenfalls, zu meiner großen Enttäuschung, kam nie eine Antwort auf mein Brief.

Das machte mich wütend und traurig zugleich, ich habe es nicht verstanden.

Ich hätte so gerne als Kind einen richtigen Vater gehabt, ich hatte einen Stiefvater und sooo einen möchte kein Kind, schon gar nicht ein Mädchen!

Als ich 9 Jahre war, hat mir Mutti die Geschichte zwischen Dir und ihr erzählt, seit dem Zeitpunkt wusste ich erst, dass ich einen anderen Vater habe.

Wenn sich zu Hause eine bestimmte Situation ereignete, worüber ich dann bockig war, bekam ich oft von meiner Mutter eine Ohrfeige, obwohl ich, aus meiner Sicht, gar nichts angestellt hatte. Es war für mich immer wie aus heiterem Himmel.

Eines Tages erzählte mir Mutti eine Geschichte, die ich dann verstand, aber wiederum auch nicht. Sie erzählte, immer wenn ich bockig war, sehe ich meinem Vater so ähnlich, das es sie hinreißt mir eine Ohrfeige zu geben.

Im Grunde genommen wäre ich gar nicht gemeint, sondern mein Vater, also Du.

Das tat trotzdem weh, ich habe dabei aber für mich herausgefunden, das sie Dich ganz tief im Herzen immer noch liebte, obwohl sie verheiratet ist und mit dem Mann weitere Kinder hat, was sie mir später dann auch bestätigte.

Danach hat sie mir in solchen Situationen nie mehr eine Ohrfeige gegeben, von nun an waren aber meine Gedanken immer öfter bei Dir. Ich hatte solche Sehnsucht, manchmal konnte ich es gar nicht ertragen. Warum wolltest Du mich nie kennenlernen?

Ich weiß natürlich auch, dass Du eine Frau hast und zwei Kinder, trotzdem war ich Dir egal, oder gerade deswegen? Vielleicht stellst Du Dir zu mir auch einige Fragen, was ich ja leider nie erfahren werde.

Heute bin ich alt, habe selber Kinder, Enkel und auch schon bald Urenkel, und trotzdem werde ich immer noch traurig, wenn ich von ähnlichen Geschichten höre. Eigentlich glaubte ich, darüber hinweg zu sein, das Du nie versucht hast, mich kennenzulernen. Aber nein, da mich diese Geschichten emotional aus der Bahn werfen, immer noch, bin ich doch nicht darüber hinweg.

Es ist nicht mehr zu ändern, ich verstehe Dich trotzdem nicht. Vielleicht treffen wir uns in einem anderen
Leben.

Deine Tochter

*****

23

Und dann kam Marek

In dieser,jener Zeit ist so viel passiert, das würde man seinen schlimmsten Feinden nicht wünschen. Es ist aber so viel, dass man darüber alleine ein Buch schreiben könnte, vielleicht entsteht ja einmal darüber eins.

Also, mein Mann wechselte von Stadtbusfahrer im öffentlichen Dienst zum Reisebusfahrer, was ab sofort bedeutete, dass er immer zwei bis drei Wochen am Stück von zu Hause weg ist. Das wiederum bedeutete für mich, dass ich für mein / unser Geschäft einen Lieferfahrer benötigte.

Es war nicht so einfach, da es nur für ca. zwei Stunden am Tag war, und deshalb hatte ja auch mein Mann nach seinem Dienstschluss die zwei Stunden immer nebenher geliefert.

Unsere Kinder waren im bzw. kurz vor dem Teenie Alter, uns somit hatte ich das weitgehend allein zu bewältigen, hieß, zwölf bis sechzehn Stunden Arbeit für mich und die Kinder hatten sozusagen ihr Zuhause im Geschäft. Ich musste nun neben der ganzen Arbeit auch noch diese zwei Stunden Liefern täglich mitübernehmen.

Eines Tages kam dann der Höhepunkt, denn ich muss die ganze Arbeit alleine fertigmachen, und zu meinem „Glück" konnten auch noch die zwei Mitarbeiterinnen nicht kommen.

Da viel mir ein, dass ein Geschäftspartner schon vor einiger Zeit sagte, dass bei ihm ein „ausländischer Mitbürger" nach ein paar Stunden Arbeit anfragte, aber er für ihn keine hatte.

Ich rief ihn an und fragte, ob er von dem eine Telefonnummer hat, denn ich brauchte jetzt sofort einen Fahrer. Aber leider hatte er keine Nummer, versprach aber, wenn der sich wieder meldet, mir Bescheid zu geben, meinte auch, dass er fast täglich bei ihm anfragt.

So, das war jetzt der absolute Höhepunkt!

Ich stand Kopf, es war Wochenende, die Kinder waren zu Hause. Konnten sie ja auch mal, denn alt genug waren sie ja.

Sage und schreibe habe ich nun ca. zwanzig Stunden am Stück gearbeitet. Ja, genau, nicht in der Woche, und musste nun noch, ob ich wollte oder nicht, die Lieferung für heute übernehmen! Mir ging durch meinen „vollen Kopf", „jetzt ist Ende."

Wenn das so weiter geht, bin ich körperlich am Ende, dann wars das!

Ich bestückte also das Auto verzweifelt mit den Lieferposten, da klingelte das Telefon. Am anderen Ende war mein Geschäftspartner, der sagte, dass der junge Mann gerade vor ihm steht. Ich dachte in dem Augenblick, ‚das ist der richtige Zeitpunkt‘, es konnte gar nicht besser sein. Also bat ich ihn: „Schicke den jungen Mann bitte sofort zu mir", mit der Frage, ob er sofort für zwei Stunden zur Probe arbeiten möchte und könnte, was er bejahte und sich auch gleich auf den Weg zu mir machte. Ich war erleichtert!

Noch eine kurze Unterhaltung mit meinem Geschäftspartner und wir beide waren einer Meinung, dass er bestimmt eine Bereicherung ist.

Er war sofort bereit, Probe zu arbeiten, das ist eine Ausnahme, denn wir hatten schon andere Erfahrungen gemacht, und das sehr oft.

Und ich fragte ihn auch, ob er weiß, was für ein Landsmann er ist, woraufhin die Antwort kam „Franzose".

Da war ich schon mal begeistert, ich liebe Frankreich, denn wir waren mit der ganzen Familie schon überall in Frankreich.

Nun stand der junge Mann schon in der Tür von meinem Geschäft und mein erster Eindruck, sehr sympathisch und sieht gut aus, „muss man ja als Frau auch mal sagen dürfen"!

Als er seinen Namen sagte, fragte ich, wo er denn herkomme, aus welchen Land, denn sein Name war nicht französisch.

Er kam aus Polen, ok, schade, nicht Frankreich, war mir aber eigentlich auch egal, denn zumindest sieht er so aus wie ein Franzose und deshalb dachte das wahrscheinlich auch mein Geschäftspartner. So, sein Name: Marek.

Ich sagte ihm, was er zu tun hätte und er muss sich beeilen, denn die Geschäfte mussten alle noch beliefert werden und bevor sie schließen, müssen sie noch ihre Ware bekommen.

Er bekam den Lieferschein und den Autoschlüssel, zeigte ihm noch wo das Auto steht und schickte ihn los. Jetzt konnte ich erst einmal kurz Luft holen, aber ich dachte schon darüber nach, dass ich mich mit Ende dreißig schon „kaputt" gearbeitet habe.

So ging es einfach nicht mehr, aber es musste gehen, ob ich wollte oder nicht!

Während ich so vor mich hin dachte, stand „Marek" schon wieder in der Tür, das war zu schnell. Als ich auf ihn zuging, sagte er, „ich weiß nicht, wie ich das Auto fahren soll, habe noch nie Automatik gefahren. Da fehlt doch ein Pedal für den zweiten Fuß"!

Das war nicht sein Ernst, ich falle vom Glauben ab, mein Blick sah in dem Augenblick aus, als komme ich aus der „Irrenanstalt", und in echt, ich dachte, ich drehe gleich durch!

Die Zeit war jetzt so was von knapp und einen Moment wusste ich nicht, was ich jetzt tun sollte (und das soll bei mir schon etwas heißen").

Kurzer Hand habe ich mich entschlossen, mit ihm zusammenzufahren, damit wir das noch schaffen. Ich setzte mich also auf den Beifahrersitz und sagte ihm, wie er fahren soll. Man glaubt es nicht, Marek verstand nicht, wie er das machen sollte.

Toll, also Fahrerwechsel, und ich sagte ihm, dass er jetzt genau zusehen möchte, denn ich beobachtete, dass er immer mit zwei Füßen fahren wollte. So entschloss ich mich zu einer ungewöhnlichen Methode, damit er das auch gleich versteht, also legte ich,

Achtung, meinen linken Fuß hoch auf das Armaturenbrett und fuhr los.

Glaubt mir, das Gesicht, was er machte, wie er das sah, kann man nicht beschreiben und als wir mit dem Liefern fertig waren, fragte ich ihn, ob er jetzt weiß, wie es geht, woraufhin er lächelnd sagt „Ja".

Auf meine Frage, ob er bei solch einer bekloppten Chefin arbeiten möchte, lächelte er wieder und meinte: „gerne, das wäre fantastisch!"

Zu der Zeit war ich eine verrückte, zu viel arbeitende und rauchende Ziege. Später einmal fragte ich Marek, was er an diesem Tag, als er sich vorstellte, von mir dachte, worauf er antwortete, das war für mich unglaublich, „ist das eine schöne Frau!"

Marek hat mein Leben verändert, unser Leben. Von da an ging ganz langsam und stetig mein Leben in eine ganz andere Richtung. Das war so schön und so abenteuerlich, dass ich mich eben dazu entschlossen habe, in meinem Buch die ganze Geschichte mit Marek zu erzählen.

Übrigens, Marek war zu der Zeit studierender Schauspieler und machte in Deutschland sozusagen ein praktisches Jahr, und weil es in dem Beruf wenig, bis gar nichts an Geld gibt, war er natürlich glücklich über unsere Zweistundenarbeiten, und wir waren glücklich, dass wir Marek hatten.

Ich glaube, das alles ist schon so spannend, das ich daraus ein separates Buch schreiben werde.

Und, glaubt mir, alles war festgefahren……..."und dann kam Marek"!

*****

24

Unglaublich aber trotzdem wahr

Ich bin Reiki-Lehrerin und arbeite seit langem mit diesen Energien. Das Erste, was sich dadurch in meinem Leben verändert hat, ist die Sicht auf Dinge im Alltag, die wir alle gar nicht mehr wahrnehmen, und das war schon unheimlich.

Es gab schon einige Sachen in meinem Leben, die passierten. Wenn ich das alleine erlebt hätte, dann würde man sagen, „die Alte spinnt". Das hatte man auch, ist mir aber egal!

Es war fast immer jemand dabei, sodass ich praktisch immer einen sogenannten Zeugen hatte, und der oder diejenige waren genauso perplex und ungläubig wie ich.

Die Menschen, die dabei waren und ich, stehen mit beiden Beinen auf dem Boden der Tatsachen und sind auch rational denkend.

Trotzdem ist uns natürlich auch klar, dass es mehr zwischen Himmel und Erde gibt, als wir uns vorstellen können. Man muss ja nicht an diese Dinge glauben, kann sich aber trotzdem einfach mal darauf einlassen.

Eines Tages behandelte ich meine dreiundzwanzigjährige Tochter mit der Reiki-Energie und denke so, während der Behandlung, was hat sie denn für ein tolles Parfüm, das duftet wie frische Rosen.

Nach Beendigung der Behandlung unterhielten wir uns noch über die Empfindungen von uns beiden. Während der Unterhaltung schaute sich meine Tochter im Zimmer um und ich fragte sie, was sie denn suche?

„Sag mal Mama, wo hast Du denn die Rosen stehen?" Ich erwiderte „welche Rosen"? Sie meinte, während der Behandlung bemerkte sie zeitweise einen intensiven Rosenduft, den sie extrem wahrgenommen hat.

Ich glaubte nicht, was ich da hörte, und ich sagte ihr „ich habe gedacht, das ist dein Parfüm", „Nein, ich habe gar keines". Nun schauten wir uns beide an und wussten nicht mehr, was wir sagen sollten.

Sehr viel später habe ich in einem Buch gelesen, wenn Engel in der Nähe sind, das die sich dann mit Rosenduft bemerkbar machen! Ich war völlig fasziniert und erzählte es gleich meiner Tochter.

Ob man es glaubt oder auch nicht, so war es!

Ein anderes Mal sitze ich mit einer Kundin in meiner Praxis zum Meditieren und nach einiger Zeit hörte ich ganz deutlich meine alte, kleine Standuhr ticken. Es ist nichts Ungewöhnliches, aber jetzt kommts, denn meine Klientin und ich gehen die Erfahrungen aus der Meditation noch einmal durch und sie sagt plötzlich zu mir „das war herrlich entspannend, ich habe nichts außerhalb wahrgenommen, außer das Ticken Ihrer Standuhr" und zeigte auf meine kleine Uhr.

Ich hatte es ja gehört, konnte es aber kaum glauben, warum, das erklärte ich jetzt auch meiner Klientin.

Die Uhr konnte nicht getickt haben, denn die Batterien waren schon lange herausgenommen. Also sahen wir genau hin und hörten…...nichts.

 Sie stand seit Jahren schon ohne Batterie, denn sie war nur noch Dekoration, weil sie so schön aussieht. Wir waren beide platt und fanden natürlich keine logische Erklärung.

Die Woche darauf kam die Klientin wieder und brachte ihre Freundin mit zum gemeinsamen meditieren. Als wir fertig waren, fragten nun wir beide ganz gespannt die Freundin, ob sie etwas wahrgenommen habe?

Sie sagte, „außer das Ticken der Standuhr habe ich nichts gehört, und durch das gleichmäßige ticken,war es sehr beruhigend und hat mir sehr geholfen."

Wir schauten uns alle drei an und horchten, ganz still, aber die Uhr gab natürlich keinen Ton von sich. Wir erzählten dann der Freundin, dass wir das schon in der letzten Woche erlebt haben und sie konnte es, genauso wie wir, gar nicht Glauben.

Wir kamen zu dem Schluss für uns, dass die Uhr unsere Meditation unterstützt hat. Aber, wie das gegangen ist? Keine Ahnung. Es ist dann aber nie wieder vorgekommen!

Hätten die beiden Frauen das nicht mit mir zusammen erlebt, dann würde man es mir nicht glauben. Wahrscheinlich hätte ich es mir selber nicht geglaubt.

Eine weitere merkwürdige Geschichte geschah, als meine Mutter zu Besuch war. Sie schlief bei uns in der Wohnstube auf dem Sofa. Nebenan war unser Schlafzimmer und beides war durch einen offenen Türbogen verbunden, somit konnten Mutti und ich uns, jeder aus seinem Bett, unterhalten.

Unsere Tochter schlief in der unteren Etage und konnte manchmal, wenn sie wach wurde, laute Geräusche hören, durch den Luftschacht!

Das erste Mal, Mutti war noch nicht da, sagte eines Tages unsere Tochter zu uns, „wenn ihr ins Bett geht, dann macht doch bitte den Fernseher aus, und der war dann auch noch so laut".

Nun beschuldigten wir uns gegenseitig, den Fernseher nicht ausgemacht zu haben, aber wir wussten genau, das war so nicht, der war aus.

Ein paar Tage später wieder das Gleiche, ein bisschen anders, aber jetzt wurden wir beide gleichzeitig wach und saßen erschrocken im Bett, der Fernseher lief und das ziemlich laut. Wir sind doch nicht blöd, wir hatten ihn ausgemacht und es war uns ein absolutes Rätsel, denn ehrlich, auch ein bisschen gruselig!

Am nächsten Morgen suchte mein Mann nach einer logischen Erklärung, zu Beispiel etwa eine Zeitschaltung, die sich selbstständig gemacht hat oder ähnlichen. Aber das war gar nicht möglich, denn der Fernseher war an keiner Zeitschaltung angeschlossen.

Wir vergaßen alles wieder, denn es kam Mutti.

Eines Morgens, wir unterhielten uns von Bett zu Bett, ging mitten in unserem Gespräch der Fernseher wieder an, aus „heiterem Himmel". Wir waren natürlich alle drei erschrocken, zumal jetzt klar war, dass niemand ihn angestellt hat.

Mutti kannte schon die Geschichte und gab zu bedenken, das es auch etwas Übersinnliches sein könnte!

Ich hatte auch schon öfters daran gedacht, aber mein Mann suchte immer noch nach einer logischen Erklärung und wollte von unserem Quatsch nichts wissen.

Doch dann passierte am nächsten Morgen etwas, was auch er nicht beiseite schieben konnte. Wie jeden Morgen, wieder die Unterhaltung von „Bett zu Bett" und plötzlich ging nicht der Fernseher, sondern das Radio an! Das war ja nun gar nicht mehr rational zu erklären, wir waren alle ganz perplex, und ehrlich gesagt, was das alles zu bedeuten hatte, konnten wir nicht verstehen. Aber ich hatte das Gefühl, als wollte das Radio meinem Mann jetzt unbedingt sagen, „nicht alles, was passiert ist, logisch zu erklären." Das blieb uns noch lange im Kopf, ohne jemals eine Erklärung dafür erhalten zu haben. Zwei weitere Vorkommnisse muss ich auch noch los werden.

Mein Schwiegervater war für mich einer meiner intelligentesten Menschen, die mir jemals begegnet sind, und nun war er schon seit einigen Jahren leider tot.

Es gab nur eine Sache, die ich an ihm nicht mochte, und das war sein „Zigarren rauchen", aber trotzdem haben wir sehr viele schöne Stunden, mit netten

Gesprächen verbracht, und wenn ich eine Frage hatte oder ein Problem, dann gab es fasst nichts, was er mir nicht beantworten konnte, es gab auch kein Problem, bei dem er mir nicht behilflich war.

Nun war es so, dass mein Mann und ich ziemlich große Probleme hatten und diskutierten nun schon „ewig und drei Tage", kamen einfach zu keiner Lösung. Deshalb waren wir schon richtig fertig und im Stillen dachte ich, was würde wohl mein Schwiegervater jetzt raten?

Nun saßen wir, jeder mit seinen Gedanken beschäftigt, stumm nebeneinander, auf einmal schauten wir uns nur an, etwas ungläubig, und mein Mann sagte „sage mal,riechst du das auch?" Worauf ich noch dämlicher schaute und meinte „du auch? Ich rieche Zigarre", „ich auch" antwortete er, „habe ich gleich gerochen".

Mein Mann sieht mich mit großen Augen an, denn es war völlig unmöglich, in dieser Wohnung hat noch nie jemand eine Zigarre geraucht! Als Vater noch lebte, hatten wir diese Wohnung noch gar nicht.

Wir schauten uns beide starr an und sagten zugleich „ OPA" !

Aber wie war das möglich? Im Augenblick wussten wir wirklich nicht, was uns das alles sagen sollte.

In der folgenden Nacht träumte ich von meinem Schwiegervater, und als ich am Morgen aufwachte, hatte ich die Lösung des Problems im Kopf und berichtete sofort meinen Mann davon, der dann auch gleich sagte „warum sind wir nicht schon früher darauf gekommen?"

„Ich weiß es auch nicht, aber ich glaube, so blöd sich das auch anhört, das war der Rat deines Vaters"! Nach einem kurzen Moment des Nachdenkens sagte mein Mann „ich glaube es auch fast."

Jedenfalls lösten wir unser Problem, aber es war trotzdem unglaublich. Es sind noch viele kleine und seltsame Geschichten geschehen und immer war jemand bei mir, als ob das ein Beweis sein sollte, das ich nicht „spinne"!

Ich glaube weder an Geister,noch bin ich abergläubisch, trotzdem sind diese und weitere Geschichten uns „begegnet".

Und wenn ich nicht angefangen hätte, immer offener durch den Alltag zu gehen, wären mir bestimmt viele Sachen überhaupt nicht aufgefallen! Passt einfach mal in eurem Leben und im Alltag etwas genauer auf.

*****

25

Das kleine Kätzchen „Pünktchen"

„Also, mein liebes Pünktchen", („wenn ich den Namen schon höre", denkt sich der arrogante Kater Moritz), „also Pünktchen, wenn Du Deine kleinen Augen
aufmachst und Dein kleines Katzenhirn einschaltest,
dann würdest Du anhand meines Musters im Fell (ge-
tigert) sehen, dass ich in meinen Genen noch die „große Wildkatze" habe.Somit ich der Chef von allen Katzen war, und bin, wohingegen Du, schwarze Katze,
mit deiner weißen Nasenspitze, verwöhnte und nichts-
nutzige Katzenvorfahren hast."

Was will ich damit sagen: „Geh mir aus dem Weg, ich
war hier zuerst. Ist das jetzt klar?!"

Die kleine Pünktchen saß eingeschüchtert in der Ecke
und hatte genau zugehört. Diese Art Katzen kannte sie
zur Genüge aus dem Tierheim.

Nun dachte sie,sie hat endlich,nach langer Zeit im
Tierheim,wieder ein liebevolles Zuhause wie damals,
als die alten Herrchen und Frauchen noch lebten und
die auf einmal,durch einen Unfall nicht mehr da waren, und ins Tierheim kam.

Und nun das, in Gedanken sagte sie sich, dass mit so
einem Kater nie Frieden in ihr Leben kommen würde,

das machte Pünktchen unendlich traurig. Laut sagte sie dann zu Moritz „ist ja ok, ich gehe dir ja aus dem Weg, möchte nur wieder ein schönes Zuhause haben!"

Moritz bäumte sich vor ihr auf und meinte dazu brummig „ach nein, nun macht sie auch noch auf Opfer", dann drehte er sich um und stolzierte davon „so, der hab ich es jetzt gegeben", dachte er vor sich hin, „denn es ist mein Zuhause, das kleine Ding werde ich schon raus ekeln".

Sich in Gedanken einen Plan schmiedend, rollte er sich auf seinen Lieblingsplatz,auf dem Sofa, zusammen und schlief schnurrend und zufrieden ein.

Während Kater Moritz schlief, suchte sich Pünktchen ein kuscheliges Plätzchen zum Schlafen, denn jetzt konnte der böse Kater sie gar nicht wegscheuchen. Ganz leise schlich sie an ihm vorbei und legte sich auf eine schöne warme Decke, wo sie auch sofort einschlief.

Plötzlich wurde sie aus ihrem Tiefschlaf gerissen, weil sie eine Tatze auf ihrem Köpfchen fühlte, die immer wieder zuschlug. Sie machte erschrocken die Augen auf und sah in das böse Gesicht von Moritz!

„So, das war es dann wieder mit dem Kuscheln", dachte Pünktchen.

Tagelang ärgerte Moritz die kleine Pünktchen, und die neuen Katzeneltern mischten sich nie ein. Mit den neuen Menschen kuscheln war auch nur so lange möglich, bis Moritz sie wieder „runter fauchte".

Eines Tages, Pünktchen hatte schon überall Blessuren, entschied sich die kleine schwarze Katze mit der weißen Nase, sobald sich die Gelegenheit ergab, wegzulaufen.

Während sie überlegte, wie sie das machen sollte, kam in ihr Köpfchen, das es schade ist, wieder zu gehen, weil sie eigentlich diesen Grobian Moritz mochte, und erst recht die Menschen. Aber sie wollte den Moritz nicht länger stören.

Bevor sie ihr Vorhaben in die Tat umsetzte, ließ sie sich noch mal von den Menschen streicheln, das tat ihr so gut. „Ok", dachte Pünktchen, „ich versuche es ein letztes mal, bevor ich gehe!"

„Moritz", rief Pünktchen kleinlaut, „was willst du" kam rüde zurück, und schon hatte sie der Mut wieder verlassen. „Was willst du", fragte er noch mal eindringlich, nachdem Pünktchen keine Anstalten gemacht hatte, sich zu äußern.

Er stand arrogant vor ihr und schaute sie an. Pünktchen nahm jetzt allen Mut zusammen, „Moritz, warum bist du immer so böse zu mir, ich habe dir doch gar nichts weggenommen, und, und, eigentlich mag ich dich, obwohl du so böse zu mir bist". Jetzt war sie erleichtert, dass sie endlich dass mal los wurde.

Moritz stand etwas sprachlos vor ihr und wusste im Moment nicht, was er dazu sagen sollte. Am meisten irritierte ihn dabei, das die Kleine sagte, sie mag ihn, aber um sein Gesicht nicht zu verlieren, meinte er barsch „paperlapap, geh mir aus dem Weg".

Das war der letzte Versuch, an diesem Abend wartete sie an der Tür, und als diese aufging, da die Frau nach Hause kam, huschte sie noch schnell durch. Sie rannte so schnell sie konnte, erst einmal drauflos, ohne zu Überlegen wohin.

Langsam war sie aus der Puste und kroch nun in ein Gebüsch zum Ausruhen und zu überlegen, was weiter unternommen wird. Da es schon dunkel wurde, entschied sich Pünktchen erst einmal in dem Gebüsch zu bleiben und schlafen, morgen früh wird sie dann sehen, wie es weiter geht.

Als sie am nächsten Morgen aufwachte, fühlte es sich ganz warm an, was sie wunderte, dann sah sie aus ihren müden Augen links und rechts neben sich zwei Katzen liegen, die sie offensichtlich gewärmt haben!

Das war sie ja überhaupt nicht gewöhnt, dass man so lieb zu ihr ist. Die Zwei wurden nun auch wach und sahen die kleine an, fragten „was machst du hier, du siehst nicht aus wie eine Straßenkatze". Eigentlich konnte Pünktchen nun ihr Leid klagen, tat sie auch, und erzählte von den verunglückten lieben Herrchen und Frauchen, über dass Tierheim, was sehr ungemütlich war, bis hin zu den neuen Besitzern, und ihre Katze Moritz, die immer nur stänkert und böse ist.

Die zwei Straßenkatzen hörten gespannt zu, „was willst du denn jetzt machen, du brauchst doch ein Zuhause. Hier draußen hältst du es nicht lange durch, Kleine"!

„Aber kann ich denn nicht bei euch bleiben, ihr seid so lieb zu mir und ich mache euch auch ganz sicher keine Sorgen."

Die Zwei dachten keinen Moment darüber nach und sagten sofort „also Kleine, bis du ein neues Zuhause hasst, darfst du bei uns bleiben, aber laufe nicht ohne uns davon, die Straße ist wirklich gefährlich."

„Und dann schmieden wir Drei einen Plan wie es weitergeht für dich"

Pünktchen war erst mal glücklich die beiden an ihrer Seite zu haben und sagte ganz leise „danke, dass ihr das für mich tut, ich heiße übrigens Pünktchen." „Ich bin Darius und meine Freundin hier heißt Morle" kam die Antwort.Jetzt kuschelten die Drei noch ein bisschen und jeder ging seinen Gedanken nach.

Moritz

Herrchen und Frauchen sahen nicht glücklich aus, sie liefen ständig zur Tür oder ans Fenster und hielten Ausschau nach Pünktchen, aber nichts, sie war spurlos verschwunden.

Moritz lag in seiner Lieblingsecke auf dem Sofa und schaute von dort aus zu, ihm war klar, dass die Kleine weggelaufen ist, weil er so gemein zu ihr war. Ehrlich gesagt, damit hatte er nicht gerechnet, und auch wenn er das am Anfang dachte, in Wirklichkeit wollte er es nicht so weit kommen lassen.

Nun lag er da und eigenartigerweise vermisste er sie und ihm tat es Leid, was er getan hat, aber jetzt konnte er nichts mehr tun. Er musste sich leider eingestehen, dass er traurig war.

Pünktchen

Die drei Freunde hatten inzwischen etwas zu Essen besorgt und waren in ihren Busch zurückgekehrt, um ihr Mittagsschläfchen zu halten.

Als sie wieder aufwachten, sagte Darius „hört mal zu, ich habe da eine Idee, aber dazu musst du, Pünktchen, mir erst einmal sagen, ob du es mit dem Moritz noch mal versuchen möchtest. Denn vielleicht hat er sich ein schlechtes Gewissen gemacht, weil er weiß, dass er schuld ist an deinem Verschwinden, denn du bist ja nun schon zwei Wochen weg."

„Was meinst du Pünktchen, das wäre das einfachste", meinte Morle. „Wenn du meinst", sagte Pünktchen nach längeren nachdenken.„Pass auf, du legst dich einfach vor die Tür, gehst aber nicht rein, wenn die Tür aufgeht. Du wartest, was sie machen."

„Und sollte alles schief gehen, kommst du einfach wieder mit zu uns, wir halten uns noch länger in deiner Gegend auf."„OK", sagte Pünktchen, „aber wenn das klappt und ich endlich ein zuhause habe, sehe ich euch ja nie wieder!" „Kleine, du bringst deinen Herrchen bei, dich immer wieder mal raus zu lassen und dann können wir ja immer etwas unternehmen, wie wäre denn das?"

„Alles klar", meinte Pünktchen, "das machen wir, aber heute Nacht darf ich noch mal bei euch schlafen, ja?"
„Ja", sagten beide gleichzeitig.

Den nächsten Tag verbrachten sie noch mal zusammen und gegen Abend machten sie sich alle drei auf den Weg zu Pünktchens zu Hause. Dort angekommen verabschiedeten sich die drei neuen Freunde und waren schon ein wenig traurig.

Dann sagte aber Darius „mach dir keine Sorgen Pünktchen, entweder holen wir dich wieder ab, wenn es wirklich nicht mehr geht, oder wir treffen uns in Zukunft ab und an zum Dummheiten machen."
Pünktchen schmunzelte und war froh, nun nicht mehr allein auf der Welt zu sein, denn in ganz kurzer Zeit hatten die Drei sich lieb gewonnen!

Nach der Verabschiedung tat sie das, was Darius gesagt hatte, und legte sich vor die Tür, wo sie vor zwei Wochen weggelaufen war. Es dauerte auch nicht lange und die Tür ging auf, Pünktchen blinzelte das Frauchen an, machte aber keine Anstalten aufzustehen, wie ihr Darius sagte. Da bückte sich das Frauchen und sie streichelte Pünktchen ganz sanft und fragte „kleine, wo warst du denn, wir haben dich überall gesucht, willst du nicht hereinkommen, wir haben dich so sehr vermisst"!

Pünktchen stand auf und ging ganz langsam Frauchen hinterher in die Wohnung und dachte, dass es bestimmt ein gutes Zeichen war, das sie mich vermisste haben. Trotzdem war ihr schon ein bisschen komisch aus Angst vor Moritz.

Frauchen brachte mich gleich zum Futternapf, ich hatte auch Appetit auf richtiges Futter. Noch war Moritz nicht zu sehen und ich machte mich gleich über das Futter genüsslich her.

Als ich fertig war, drehte ich mich um, schleckte mir nur noch das Mäulchen, bemerkte ich, dass hinter mir, zu meinem erstaunen, Moritz war. Er saß aufgeräumt da und ging mich nicht an,wie sonst.

Eingeschüchtert stand ich da, sah ihn an und er blieb sitzen, und auch er sah mich an, ich hatte das Gefühl, das er gar nicht mehr so böse schaut wie sonst.

„Also Kleine, als du weg warst, wurde mir klar, dass ich mich dir gegenüber sehr mies benommen habe, und dass Dumme an der Geschichte ist, dass ich dich doch auch ein bisschen gern habe", sagte Moritz.

Pünktchen konnte kaum glauben, was sie da hörte, sollte sich doch alles zum Guten wenden? Jetzt schmuste sie um Moritz herum, so als „Entschuldigung angenommen".

In den nächsten Tagen stellte sich heraus, das sie sich beide jetzt super verstanden und Pünktchen sogar ab und zu raus durfte, denn sie kann ja immer wieder zurück und draußen traf sich Pünktchen, wie versprochen, jetzt immer mit Darius und Morle zum Toben.

Plötzlich sagte Moritz „sag mal Pünktchen, kannst Du mich mal mitnehmen nach draußen, das hört sich alles immer so spannend, an was du erzählst"?

„Ja klar", erwiderte Pünktchen, „aber du musst immer bei mir bleiben, es ist wirklich gefährlich da draußen und musst meine Freunde Darius und Morle akzeptieren".

Freudig schwänzelte Moritz nun um Pünktchen herum und sagte „ja ja, alles, was du sagst, ich freue mich und bin auf deine Freunde gespannt".

Am nächsten Abend gingen Pünktchen und Moritz zusammen aus dem Haus und draußen saßen schon Darius und Morle und warteten auf Pünktchen.

Als sie Moritz erblickten, schauten sie erstaunt und gespannt, dann stellten sie sich vor.

Von nun an waren sie immer zu viert unterwegs und hatten viel Spaß. Zum Schluss gingen die zwei Hauskatzen immer wieder nach Hause.

Für Pünktchen ist ein Traum wahr geworden, sie hatte ein schönes zu Hause und Freunde fürs Leben gefunden. Herrchen und Frauchen waren auch ganz toll.

Am Abend lagen Moritz und Pünktchen zusammen und eingerollt nebeneinander, schliefen und träumten von ihren Abenteuern mit Darius und Morle

*****

Karin Hübner ist in Lübeck am 11.11.1953 geboren, hat 1972 in Berlin geheiratet.

Sie haben 3 Kinder und 8 Enkel.

In Berlin war sie 20 Jahre selbständig mit einer Wäscherei. 2003 ist sie mit ihrem Mann nach Mallorca ausgewandert. Dort arbeitet sie als Dipl. Ayurveda Masseurin in zahlreichen Hotels und hat jetzt begonnen Bücher zu Schreiben.

Danksagung:

Ich bedanke mich zu aller erst bei meinem Mann,

>Burkhardt Hübner<

für seine Unterstützung und Mithilfe

und

dem Lektorat

Michaela Hübner

Vielen Dank !

Weitere Werke der Autorin:

Der Hundehimmel muss noch warten

>Ein Hund erzählt seine Geschichte<

ISBN.:978-3741290343

92 Seiten

One Way nach Mallorca

Traum oder Albtraum

152 Seiten

ISBN-13:978-3746047522